交通事故
偽装恐喝事件

上木 繁幸

東京図書出版

目次

交通事故偽装恐喝事件

1

全国の一年間の交通事故による死者が一万人を超えていた平成の初めのことである。

この頃日本では、土地や株式を中心としたバブル経済が崩壊する前兆が社会の至るところで始まっていたが、多くの市民はこのことにまだ気が付いていなかった。

大都市の繁華街にはいわゆる風俗街と呼ばれる地域が存在して、そこで働く風俗嬢と呼ばれる女性の中には、一カ月百万円を超える売り上げを上げる風俗嬢が相当数存在すると言われていた。売春と言われる男女の関係はこれを求める需要と、これを規制する法律との間で鼬ごっことも言うべき争いが繰り返されており、風俗業者は絶えず法律の規制を潜り抜け男性の需要を満足させる方法を工夫していた。この頃の風俗嬢が実際にどのようなサービスをして男性を接待していたのか、表向きはともかくとしてセックスを抜きにした関係は考えられなかった。

阪神市の風俗街で働く風俗嬢の一人に西田静子という女性がいた。

西田静子は鹿児島県の生まれで高校を卒業して鹿児島を出て最初は大阪市内のレストランで働いていたが、派手好きなうえ我儘なところがあり最初のレストランの勤務は長く続かなかった。その後も数年間、数カ所のレストランや飲食店で働いたが、いずれも長続きせず、このような女性のパターンともいうべき流れに従って静子は夜の水商売の世界で働くことになった。しかし、静子は水商売の世界でも店の客と些細なことでいざこざを起こすなどの行為を繰り返し、水商売の世界も静子にとっては働くことが安泰とは言えなくなっていた。

静子は店の仕事を終えて帰宅の途中、いつものように駅の近くにある屋台のラーメン屋で椅子に腰かけてラーメンを食べているときに、やはり一人で屋台のラーメンを食べに来ていた田原次郎と知り合った。田原次郎は少年時代に両親が離婚するなどのことがあって高校を中退し、非行に走り不良仲間と恐喝事件や傷害事件を起こして少年院も経験したこともあるという経歴を持ち、最近暴力団員になったばかりというチンピラ風の男であったが、女性を扱うことにかけては特別の才能ともいうべきものを持っており、田原には数人の金づるとも呼ぶべき女が存在した。

田原は静子と知り合った当初は静子に高価な品物をプレゼントしたり、静子の仕事上の愚痴話を親身になって聞いてくれたりしていたので、静子はだんだんに田原に好意を持つようになり自然に男と女の関係になっていた。

男女の関係が少し続くと田原の静子に対する態度は急変した。

田原は、犯罪歴があるうえ全国的な組織のある暴力団の組員であり、田原に背くと厳しい報復のあることを強調して、静子が風俗店で働くことを半ば強制した。

静子自身もこれまでに水商売でいろいろな経験を経ており、風俗店で働くことについて強い抵抗感はなかった。働き始めると静子はこれまでのレストランや水商売で働いていたときと異なり、ここでの水が合ったのか静子の売り上げはうなぎ登りに上昇した。

しかし田原は静子の収入の大半を巻き上げるとともに、静子を田原の実行する犯罪に加担させたりすることもあった。

2

池上恵子は市内の短大を卒業して阪神市内にある国の行政機関で公務員として働いていた。

恵子の家庭は平均的な家庭であり、恵子は自動車の運転免許を取得して、自宅が電車で通勤するには少し不便なところでもあったので、自動車で勤務先に通勤するという生活を続けていた。

恵子にとっては安定した職場で働き、良い男性と結婚して両親を安心させて幸せな家庭を築くことが目標であり、恵子自身公務員を選択したことからも明らかなとおり性格も比較的地味であり生活も堅実であった。

しかし、恵子にとってこれまでの平穏な生活を大きく覆す思いがけない事件が待ち受けていた。

恵子はいつものように役所の勤務を終え、自宅に帰るために自動車を運転していたが、その日は途中で母の誕生日の贈り物を買う予定があったため、いつもとは少し違った、日頃あまり通らない一方通行の狭い道路を運転していた。

恵子の運転する自動車の前には高級外車と思われる自動車が進行していた。恵子はなんとなくこのような車とは少し距離を置いて離れて走った方が良いと考えて、外車との間を少し空けて時速三十キロぐらいで走行していた。

恵子が進行していた道路は一方通行の指定がある狭い道路で、幅の広い外車は道路いっぱいを占めるような状態で進行していた。

前を走っていた外車が狭い道路から交差する広い道路に出る寸前、突然急ブレーキをかけて停止した。恵子も慌てて急ブレーキをかけたが、外車の後部にバンパーが軽く接触した状態で恵子の自動車は停車した。

恵子は急いで車から出て停車している外車のほうに走り寄って行った。そして外車から出てきて車の後部付近を確認していた一見してやくざ風の三十歳前後の男に対して、

「すみません。怪我などありませんか」

と震えながら声をかけた。やくざ風の男は、

「とにかく車を広い道路に駐車してから話そう」

と答えた。

恵子はやくざ風の男の言う通り運転していた自動車を広い道路まで運転し、やくざ風の男の車の後ろに駐車して車から出た。

やくざ風の男は恵子に対して、

「お前、前をちゃんと見て運転していたのか、わしは広い道路へ出る直前にわしの運転する車の前方を突然横切った男を避けるために急ブレーキをかけたんやが、そこへお前の車が突っ込んできて追突したんだ、わしの外車は特別仕様の新車で修理費なども高くなるぞ、わしの運転席の横に座っていた女も首や腰が痛いと言っている、ちゃんと補償してな」

とドスの利いた声で恵子を睨み付けながら言った。恵子は頭が真っ白になりながら、

「すみません。すみません。保険にも入っているので、できるだけのことはします」

と頭を下げて謝った。やくざ風の男は恵子に対して更に、

「保険だけではわしの運転している外車に対する損害を全部補償できないかもわからん、姉ちゃんは働いているのか」

と言った。

恵子は、

「公務員として働いています」

と答えた。やくざ風の男は、

「公務員として働いているのならちゃんと補償できるな、補償金を保険で支払うためには警察の交通事故証明書が必要になるが、事故証明書をもらうためには警察に事故の届けをしなければならないが姉ちゃんはどうする。公務員ということなら交通事故を起こしたということが、勤務先などに公になることは姉ちゃんにとってはあまり良いことではないわな、わしらとしては姉ちゃんが責任を持って補償するということであれば、必ずしも警察に事故を届ける必要はないと思っている」

と畳みかけるように恵子に話しかけてきた。

交通事故を起こした場合、警察に届けなければならないことは恵子も十分認識していたが、本件事故は勤務とは関係のない事故であり、事故も軽微で被害者も被害の補償さえ確実であれば警察に届けることにこだわっていないので、国家公務員である恵子はできれば役所に知られないで事故を処理できればと考えた。

また、恵子は本件事故の態様、程度から判断して、外車で特別仕様の車であるとしても軽く接触した程

度の損害であり、支払わなければならない賠償金額は恵子の支払い能力の範囲内で収まるという思いがあったので、恵子はやくざ風の男に対して、

「私に責任がある損害については私が責任を持って支払いますのでよろしくお願いします」

と言った。やくざ風の男は即座に、

「わかった、それではこの用紙に簡単でいいから事故の責任は私にあり、私がすべて支払いの責任を負担すると書いて、今日の日付、住所と名前、そして連絡方法を書いて、印鑑を持っていれば印鑑を押し、印鑑がなければ指印を押してくれ」

と手慣れた感じで恵子に指示した。

恵子は男の対応に何か言いようのない不安を感じながらも男から手渡された用紙に、

「平成四年〇月〇日午後五時四十分ごろ、阪神市中央区三丁目の三叉路で起きた交通事故については、私の責任で賠償金を支払うことを約束します」

と記載し、日付、住所、名前、連絡先を記入してハンドバッグに入れていた印鑑を名前の下に押印した。

恵子は記載した文章を簡単に確認したうえで、

「これでよろしいですか」

と言って署名押印した用紙を男に手渡した。

やくざ風の男は恵子が作成した文書に目を通したうえで、

「これでよい、ここに書いた通り外車と助手席に乗っていた女の損害について責任を持って支払ってくれ、警察に事故届を出さないで済ませるのだから、保険は出ないのでそのつもりで確実に支払ってくれ」

と、恵子から受け取った文書をズボンのポケットに入れながら、外車から出てきた女の肩に手をかけて言った。

外車から出て来た女性は二十代半ばで一見して水商売で働いている感じの女であったが、外車から外に出てからも首筋や腰辺りを絶えず触るようにして気にしており、恵子はそのことが少し気になっていた。

恵子としては、追突事故を起こしたといっても、外車の後部に恵子の車のバンパーが軽く接触した程度であり、恵子の自動車の前部には追突事故によると思われる擦過傷のような傷は全く見当たらなかった。外車の後部にも一見しただけでは目に見えるような傷はなく、よく見ると後部バンパー部分の横にうっすらと細い線のような傷が存在しているようにも見える程度のものがあった。横に見える細い線は追突事故によって生じる可能性は殆ど考えられないものであり、以前から存在した可能性のほうが強いと考えられるもので、恵子は今回の追突によって外車に損害と言える損害はないのではないかと思った。

ただ、恵子は外車の助手席に乗車していた女性の身体への被害については、外車から降りてきて恵子の前で行った女性の首筋や腰のあたりを触る仕草が少し気になっていた。確かに今度の追突事故は自動車にも殆ど損傷を与えない程度のもので、事故による人へのショックも身体に影響するとは考えられない程度のものと思われるが、交通事故の身体に対する影響は車の中でどのような姿勢をしていたかによっても違うということを恵子は聞いたことがあり、女性の身体に全く被害を与えていないとは言い切れないという思いもあった。

しかし、恵子はこの追突事故によって女性が傷害を受けていることは、事故の態様や事故後の被害者の態度などから通常あり得ないことだと考え、女性が入院する等ということは全く予想していなかった。

帰宅直後、恵子は母には追突事故について簡単に報告した。母は、

「軽い事故で済んで車にも人にも何もなくて良かったね、車の運転をするときには今後とも十分注意してね」

と心配そうに恵子の顔を見ながら話した。恵子としては母にはできるだけ心配かけないように話したものであるが、今後あのやくざ風の男が何を言ってくるか恵子は心配していた。

3

恵子の心配はすぐに的中した。恵子が事故のあった翌日役所に出勤して仕事をしていると、自宅の母から恵子に電話があり、

「先程、昨日の追突事故の被害者であるという男性、田原という名前の人から、至急電話してほしいという電話がありました。働いているので帰宅してからではいけませんかといったけれど、急いでいるのでできるだけ早く電話するようにということだったので、勤務中で悪いと思いましたが電話しました。事故に関することで何か困ったことがあったらお父さんも心配しているのでお父さんにも相談してください」

旨の連絡があった。

恵子は母からの連絡を受けてどのように対応したら良いのか一瞬迷ったが、自分自身が起こした事故であり、恵子の責任を認めた文書を恵子自身が作成していることを考えると、とりあえず、恵子自身が直接田原の要求に対応しなければならないと考えた。

昼休み時間になったので恵子は最近購入したばかりの携帯電話で、役所の建物の中で比較的人が出入りしない部屋に入って、母から連絡を受けた田原という男に電話をした。

田原は電話に出るなり、

「至急電話してくれと連絡しているのに遅いではないか、昨日追突事故の際助手席に乗っていた女西田静子が今日病院に入院した。むち打ち症と腰椎捻挫で入院三カ月ということである。とりあえず静子が入院している市内の須田区にある楠病院に見舞いに来てくれ、そのときに必要な話をする」

と、自分の言いたいことを言うと恵子の意向を聞かないで電話を切った。

恵子はどのように対応したら良いのか迷ったが、追突事故によって入院しているという西田静子を病院に見舞いに行くことは道義上も必要だと思い役所の帰りに見舞いに行くことにした。

その日予定していた残業は翌日に変更してもらい、役所を定時に退庁して果物を買って田原から聞いていた西田静子の入院する楠病院に見舞いに行った。

楠病院は市内の須田区にあり周囲はあまり環境の良いところではなく、病院の雰囲気もなんとなく暗くて鬱陶しいという感じであった。

病院の受付で西田静子の入院している病室を聞いて恵子は病室に向かった。西田静子が入院している病室は何人かの入院患者が一緒にいる相部屋であり、病室に入るとすぐ田原が恵子を見つけて手招きしたので近くに行くと、女性がベッドに横たわっていた。恵子は女性に対して、

「西田さんですね、池上です、このたびは大変ご迷惑をおかけして申し訳ございません。お身体の具合はいかがですか」

と声をかけた。静子は無表情のまま恵子の見舞いの挨拶に応答しなかったが側にいた田原が、

「医者の診断では、むち打ち症と腰椎捻挫で入院が三カ月必要ということである、静子は風俗店で働いており一カ月百万円ぐらい稼いでいたが入院することになって、収入が全くなくなったので、まずこれを補償してもらわなければならない」

と静子の病状の説明をして静子の休業補償を要求してきた。

しかし、相部屋である病室でこれ以上具体的な話をすることもできないということで、病院の近くにある喫茶店で話し合うことになった。

恵子は、静子に対して、

「気を付けて療養してください」

と軽く頭を下げて、田原と一緒に病室を出た。

恵子は静子の病状について、確かに静子は首にギブスを巻いてベッドに横たわっていたが、顔色も良く体の動作も普通で何かわざとらしさというか意図的なものが感じられ、三カ月間も入院加療が必要な患者には到底見えなかった。

田原と一緒に病院の近くにある喫茶店に行くと早速、田原は、

「静子が働けないで収入がないとわしも静子も生活ができなくなる、静子は一カ月に百万円以上稼いでいたので本来は一カ月百万円を支払ってもらいたいが、とりあえず一カ月八十万円を入院が予定されている三カ月間支払ってくれ、全体の精算は最後に示談解決するときに話し合うことにする」

と恵子を睨みつけるようにしてドスの利いた声で休業補償金の支払いを要求した。

　恵子は田原の要求に対して、どのように返事したらよいのか咄嗟には判断できなかったが、

「こんなことは初めてで、どうしたらよいのかすぐには判断できないので、両親とも相談してできるだけ誠意のある対応をします」

　と恵子は精一杯答えた。田原は、

「静子は交通事故の被害者であり、当然収入の補償は最低限度必要なことである。これが支払えないということであれば静子としても方法を考えなければならない」

　と畳みかけるように休業補償金の支払いを要求した。

　恵子は慌てて、

「勿論、支払わないと言っているわけではありません。ですが、要求されている金額は私にとっては大金であり、両親とも相談して、支払わなければならないものは支払いたいと思っています。収入を証明する書類は頂けるのでしょうか」

　と必死で答えた。

「収入を証明する書類や診断書は二、三日のうちに郵便で送る、金はこのメモに記載している銀行口座へ送金してくれ」

　田原は、送金するために必要な田原次郎名義の銀行口座等を記載したメモを恵子に手渡した。

　恵子は追突事故の責任は恵子自身にあることは十分わかっており、事故によって田原や西田に与えた損害については恵子が倍償しなければならないことは、事故直後に恵子自身が作成し田原らに渡した文書にも記載しているとおりであったが、事故直後には入院を必要とするような状態には全く見えなかった西田

静子が突然入院し、しかも、入院加療三カ月を要するという医師の診断は、恵子にとっては予想できなかったものであり到底納得できないものであった。しかし病院の医師が入院加療三カ月の診断をしている以上は、田原らの主張を否定することは普通の社会人の対応としては困難ではないかと恵子は思った。

西田静子を病院で見舞って自宅に帰宅した恵子は、母の心配そうな話しかけに対してもあとで話すといって言葉を濁していたが、夕食後、父も帰宅していたので今日の出来事の経過を両親に簡単に説明した。

父は黙って恵子の話を聞いていたが恵子の話がほぼ終わった頃、

「恵子の話では自動車の追突によるショックは殆ど感じられないくらいであったということなのに、女性が入院加療三カ月も必要な怪我を負っていたということはちょっと考えられない。だが、病院の医者がそのような診断書を作成している以上、素人がこれを否定しても社会的には通用しないと思う。しかし、被害者の田原さんや西田さんの主張について恵子がどうしても納得できないときは、弁護士に頼んで対応してもらった方がよい」

と恵子と母の方に交互に顔を向けながら話しかけた。

父は民間の会社の営業の仕事をしており交通事故の対応についてあまり知識、経験はないうえ、今回の追突事故の被害者が暴力団関係者と思われることから父としては、恵子の立場を考えてあまり無理をしないで専門家に任せた方が良いと考えているようである。

母は田原からの電話を直接聞いており電話を聞いた感じだけでも、母は田原についてまともな話し合いができない人ではないかという懸念を強く持っていたが、恵子がどのような対応をするかによって田原らがいっそう厳しい対応をしてくることも考えられることや、恵子が事故直後に恵子の責任を認めて賠償金を支払うという文書を書いて田原に渡していること等も踏まえて、できるだけ田原らと直接の話し合いで解決した方が良いと思っていた。

母は、

「確かにお母さんとしても静子という女性の入院は納得できないけれど、病院が医者の診断をもとに入院させている以上、これを争うことは、社会的にも専門的にも相当大変なことではないかと思う、田原さんが送ってくるという収入の証明書や医者の診断書を見てから、今後どのように対応するかを判断した方が良いのではないかしら」

と言った。母の話した内容や意見には恵子も父も異論はなかった。

4

恵子が病院に西田静子を見舞ってから数日後、田原から恵子宛に郵便が届き静子の事故前三カ月間の収入の証明を書いた書類と、医師の診断書が同封されていた。

収入の証明書には事故前三カ月間の収入が記載されており、三カ月間の静子の収入の平均は一カ月約八十五万円で、静子が働いている風俗店は阪神市内の夜の繁華街といわれる場所にあった。

また、医師の診断書には田原が言っていたとおり、

「むち打ち症、腰椎捻挫で三カ月の入院加療を要する」

と簡単な記載がされていた。

恵子は田原から送付された診断書などを母に見せて相談した。母は、

「田原さんから送ってきた書類に書いてあることがすべて正しいとは思わないけれど、すべてを否定することもできないのではないかと思う、二百四十万円という金額であれば恵子が支払えない金額ではないね、弁護士に頼んで弁護士に交渉してもらってもこの金額を大きく下回る金額になるということは断言できないわね」

と、二百四十万円前後の支払いで田原や西田との問題が解決するのなら、このまま弁護士に頼まないで恵子が直接対応していくことが良いのではないかとの気持ちを恵子に伝えた。

恵子も基本的な気持ちは母と同じであったので、

「私も同じように考えているけれど、田原さんからは二百四十万円以外にも外車の修理費などを請求してくることも当然考えられるので、今後どれくらい支払わなければならないかということを心配しています。二百四十万円に少しプラスしたぐらいの金額であれば、私がこれまでに蓄えている金額の範囲内で支払えると思っています」

と言った。母は、

「恵子の過ちで起こした事故ではあるけれど相手が悪かったということも事を大きくしているので、親としても恵子の負担を軽くするためにどうしたらよいかということについてお父さんとも相談したいと思っています。恵子も自分一人の責任だと思わないで何でも親に相談してね」

と心配そうに恵子の顔を見つめながら話した。

母と話したことによって恵子の気持ちは多少落ち着くことができた。

もともと事故と言えるかどうかという軽微な接触事故であり、怪我の程度も被害者が入院したといっても心配する程度のものではなく、損害の範囲も恵子の資力を大きく超えることにはならないのではという極めて常識的な判断を恵子はしていた。

しかし、恵子のこの判断はあまりにも甘かったというべきであり、相手は予想以上に悪質であり貪欲であった。

恵子が田原の指示した銀行口座へ西田静子の一カ月分の休業補償金八十万円を、事故が起きてから約一週間後に送金して数日後、ちょうど恵子が休日で自宅にいるとき田原から電話があり、

「事故で傷がついた外車の修理費が五百万円必要であるという見積書が出たので支払ってくれ」

という要求があった。

恵子は、

「車と車が衝突したというより車の後部と車の前部が軽く接触したかどうかという程度の事故であり、事故直後に確認したときも事故によると思われる傷は見当たらなかったのに、修理費が五百万円もかかるということは到底納得できない。見積書を見せてほしい。知り合いの自動車修理工場の人に見せて相談する」

と答えたが、田原は、

「特別仕様の外車であり外国から部品を取り寄せなければならないので、高い費用が掛かるということである。見積書はあとで送る」

と、いつもと同じように一方的な要求と主張をするだけして電話を切った。

恵子は田原の乗っていた車が特別仕様の外車であるとしても、自動車の後部バンパーの一部に、横に筋状の傷らしきものがうっすら見える程度の傷の修理に、五百万円もかかるということは考えられないし、その傷も恵子の追突事故によって生じたものかどうかについて強い疑問があった。田原は新車と言っているがペンキ等で新たに塗装したようにも強く感じられ、外見は新車に見えたが車全体から受ける感じでは、新車ではないのではないかと恵子は事故直後から思っていた。

どちらにしても恵子は田原が見積書を送ってきたとき、自動車修理工場の人に見てもらい相談してから田原の要求に対応しようと考えていた。

その後田原からは車の修理費の見積書の送付がなく、恵子が二回目の静子の休業補償の送金をした後も、田原からは何の連絡もなかったので、恵子は車の修理費の見積書は田原の主張する内容では、作成できていないのではないかと恵子に都合よく考えて少し安心した気持ちになっていた。

ところが事故により静子が入院して八十日ぐらい経った頃、田原から休日で自宅にいた恵子に電話があり、

「静子の入院が長引き今後更に三カ月入院加療することになったので更に、三カ月休業補償を支払ってくれ。外車の損害の見積書を送るので早急に支払ってくれ」

と言ってきた。

恵子は田原に対して、

「静子さんの入院については事故の接触の程度に比較して入院されたこと自体について納得できないところがあった、病院に入院されたとき見舞いに行ったが顔色もよく元気な様子であり、更に、三カ月も入院

加療の必要があるということには到底納得できないので詳しい診断書を送ってほしい、車の修理費の件については見積書をよく検討して私の意向を知らせる」

と返答した。

田原から数日後診断書と見積書が送られてきたが、診断書は前の診断書とほぼ同じ内容で期間を三カ月延長しただけのものであり、見積書は○○自動車修理工場が作成したもので、内容は自動車後部のバンパー等の部品取り替え費用（取り寄せ費用を含む）として、金五百万円也と記載された簡単なものであった。

恵子は田原から送付された書類の内容はとても納得できるものでなかった。西田静子の休業補償金を更に三カ月間支払わなければならなくなった場合や、車の修理費について田原の要求に近い金額を支払わなければならないことになるときは自分の資力では到底対応できないし、田原らの要求はあまりにも不当、過大であり到底応じられないと考えており、弁護士に頼むなどの方法を取らなければならないと思っていたが、もう少し田原らの出方を見ることにした。

恵子が追突事故による西田静子の休業補償金三カ月分を支払った後、田原が追加要求してきた三カ月分の休業補償金の支払いを静子が遅滞していると、田原は恵子の自宅に電話をかけてきて、

「静子の休業補償金の支払いはどうなっているのか。支払う気持ちはあるのか、支払う気持ちがないのならこっちはこっちの方法で支払ってもらうことにする。自動車の修繕費用についてもいつ支払うのかはっきりしてくれ」

と支払いを厳しく催告してきた。

恵子は、

「西田静子さんの休業補償については、前から言っている通り納得できないことがあるので家族などと相談しています、自動車の修理費用についても自動車の修理業者などと相談しているところです、できるだけ早く結論を出して連絡します」

と答えたが、田原は恵子の対応にイライラしている様子であった。

田原から恵子の自宅に電話があってから数日後、田原は恵子が勤務する役所に電話をかけてくるようになり、恵子が役所に電話しても居留守を使ったり支払いについてはっきりした返事をしなかったりしたため、田原は恵子の役所の上司に直接電話するようになった。田原は恵子の上司に対して、

「お前の部下の職員池上恵子は交通事故を起こしながら警察にも届け出をださず、事故の責任は恵子にあり事故の賠償金は恵子が責任を持って支払うという約束をしておきながら賠償金の支払いを全くしない、このような人間を国家公務員として働かせているのは到底許されない大問題である」

等と執拗に、また、繰り返して電話をしてくるようになった。役所の上司も最初のうちは、

「池上恵子の起こした交通事故は公務と全く関係のない事故であり、役所や上司は事故について意見を言う立場にはない。ただ私個人として事故を起こして責任があるのなら誠意を持って対応するようには伝えている」

と、田原の言動からもまともな話し合いはできない相手であると判断して、当たり障りのない対応をしていた。

しかし、田原からの電話の回数は一日の勤務時間中に十回を超えるようになり、また回数が増えるに従

い田原の言動は過激になる一方で、仕事にも差し支えが出てくる状態になったため、上司は恵子に対して、「電話での田原の言動からも田原という人間が普通の人ではないことは想像つくが、個人的な問題を役所に持ち込まれても役所としては対応できないので両親とも相談して、場合によっては弁護士に依頼して事件をできるだけ早く解決するように」

と指示した。

恵子は役所の上司に対しては、田原から最初に役所に電話があった直後に、追突事故の様子から西田静子の病状やその後の補償金の支払い状況等を詳しく報告していた。恵子としては、田原らの要求が納得できない極めて不当なものであり、田原らの要求に応じて支払えば、今後際限なく支払うことになるのではないかという不安もあって、静子に対する休業補償金三カ月分二百四十万円を支払った以後は支払いを中断したため、田原が恵子の勤務先である役所へ嫌がらせをするようになったものである。

恵子の上司の言う通り恵子が公務とは全く関係のないところで起こした交通事故であり、恵子としてもこれ以上役所に迷惑をかけることはできないと思った。

5

恵子は田原が今後も繰り返し執拗に役所の上司等に電話等してくることは避けられないと考えられるし、これを解決するためには両親とも相談して弁護士に依頼しようと思った。

ただ、恵子には弁護士の知人は全くなく弁護士をどのようにして選んだらよいのか見当がつかなかった。

父に相談すると弁護士に心当たりがあるということであった。父の話では父が勤めている会社の取引に暴力団が関係してきた事件が最近あり、会社が依頼した弁護士は暴力団関係者に対して毅然とした対応をしたうえで、極めて適切な事件の処理をして会社の利益を守ってくれたということであった。

父から会社が以前依頼したことのあるという楠木弁護士を紹介してもらって、恵子は電話で楠木法律事務所に行く日を打ち合わせて楠木恒幸弁護士に会った。楠木弁護士は五十歳過ぎで、恵子が弁護士に抱いていたイメージとは違って、常識的で正義感の強い感じの弁護士で、恵子の話をよく整理して聞いたうえで、次のように説明を始めた。

「さらにあなたから詳しく事情を聞き、弁護士としてこれから詳しく調査しないと軽率な判断はできませんが、本件はいわゆる『当たり屋』といわれる偽装交通事故と思われますね、交通事故をネタにした恐喝事件といえるかもしれません。あなた自身が田原らと直接交渉で解決することは困難で、田原らの要求をほぼ認めない限り田原らは手段を選ばず執拗に要求を続けると思います。このままの状態を放置することは、あなたにはますます不利益な結果になる可能性が高いと思います。私がこの事件を受任したら私から田原次郎及び西田静子宛に直ちに次のような受任通知書を出します。

受任通知書

弁護士楠木恒幸は、平成四年〇月〇日阪神市中央区三丁目の交差点で発生した交通事故及びこれに関連する池上恵子氏と、田原次郎氏及び西田静子氏との間の法律上の紛争に関して、弁護士楠木が池上恵子氏の代理人となり、本件に関係する一切の紛争に関する交渉権限及び解決の権限を受任しました。今後本件に関する田原次郎氏及び西田静子氏らの池上恵子氏に対する要求や請求はすべて弁護士楠木恒幸宛にするようにして下さい。

池上恵子氏や両親、勤務先などには今後一切連絡等しないよう厳しく要求します。

等と記載をします。従って、万一、田原や西田から直接あなた方に連絡や要求があったときも、本件は弁護士楠木に依頼しており、相手方らと直接話し合うことを固く禁止されている旨を告げて電話などを切り、直ちに私に連絡してください」

楠木弁護士は受任した後の田原らとの対応について恵子にもわかりやすく説明した。恵子は楠木弁護士について、説明を聞く態度や説明の内容等から、卑劣や不正をただす正義感と熱意を持った弁護士であることを改めて感じた。

そして楠木弁護士は恵子に対して、

「明日にでも田原らが何か連絡してくる可能性があるので、あなたの方で私に委任する意向があれば『楠木弁護士に対する委任状』をすぐ書いてください、そうすれば先程説明した受任通知書を本日田原らに速達便で送付します、弁護士に対する着手金は後で結構です」

と言ってくれたので、恵子はお礼を言って楠木弁護士に対する委任状を作成したうえ、できるだけ早く楠木弁護士の受任通知書を田原らに送付してもらうように依頼した。

更に、楠木弁護士は恵子に対して、

「受任通知書を速達で出しますが今夜にでも田原から何か言ってくるかもしれません、そのときは楠木恒幸弁護士に依頼したので、楠木弁護士から明日にでも郵便で受任通知書が届くはずである。楠木弁護士から弁護士に依頼した以上、私らは勝手な対応を一切しないようにと厳しく言われているといって対応して下さい」

と、田原らからの今夜にも予想される電話などに対する対応についても、具体的な方法をアドバイスしてくれた。

恵子は追突事故を起こしてから今日までの間、頭の上に重くのしかかっていた重りが軽くなった感じがした。

恵子は急いで帰宅して、心配して待っていた母に、

「お母さん、良い弁護士さんに会えて本当によかった。弁護士さんはこれ以上私が直接対応していたら大変なことになったと思うと言われたうえで、田原らはこれまでも反社会的なことをしてきたと思われる人間である。今後は楠木弁護士が責任を持って対応するので、弁護士の指示によらないで勝手に対応しないようにと強く言われた」

と、母に安心してもらえるように簡単に話した。

母は恵子に対して、

「良かったね、これからは弁護士さんの指示に従って対応したら安心だね」

と言って、母も自分のことのように大変喜んでくれた。

楠木弁護士は池上恵子から事件の受任をした日に、受任通知書を田原次郎と西田静子両名宛速達郵便で発送した。

受任通知書

平成四年○月○日午後五時四十分ごろ、阪神市中央区三丁目交差点で発生した池上恵子氏と、田原次郎氏各運転の自動車の追突事故について、交渉、示談などに関する一切の権限を弁護士楠木恒幸が池上恵子氏から受任しました。今後本件に関する要求や請求はすべて楠木弁護士宛されるよう、池上恵子氏やその家族、勤務先などには今後一切連絡などしないよう厳重通告します。

追って、田原氏などの池上氏に対する金員の要求は、恐喝罪に該当する可能性も強いので、場合によっては刑事告訴も検討しています。

以上

通常は受任通知書には「追って」以下の文章は記載しないが、今回、楠木弁護士がこのような文章を特に追加記載した理由は、楠木弁護士のこれまでの弁護士としての経験等から、楠病院は暴力団関係者も比較的多く入院しているという評判のある病院であるうえ、交通事故等に関して医師の診断書も信頼できない場合があるという噂のある病院であったので、楠木弁護士が池上恵子から事件を受任した直後に事務所の事務員に指示して、事務員が西田静子の休業証明書に記載されている風俗店に、静子の女友達を装って電話して確認したところ、

「少なくとも最近三カ月間は、西田静子は風俗店に出勤して通常通り働いている」

という事実が確認され、池上恵子が西田静子に対して休業補償金を支払う理由が全くないことが明確になったことや、追突事故後の田原らの恵子らに対する一連の言動に対する楠木弁護士の経験に基づく判断

が前提になっている。

楠木弁護士が送付した受任通知書を田原らが受領した直後と思われる頃、楠木弁護士の事務所に田原から電話があり電話に出た事務員に対して、

「交通事故の加害者の弁護士なら病院に見舞いに来て被害者に謝罪してから話を進めるのが筋ではないか、すぐに見舞いに来い」

と言って、事務員の応答も聞かないで電話を切ったということであった。

楠木弁護士は、田原が西田静子を再び病院へ入院させることを予想したが病院には行かなかった。

楠木弁護士は恵子から事件を受任した週の土曜日に、恵子を事件現場に同行して追突事故現場の見分を行った。

通常の交通事故では、事故直後に警察官が関係者を立ち会わせて事故の状況について実況見分をして実況見分調書を作成している。示談などの民事事件にもこれらの実況見分調書を利用することが可能となっており、弁護士らは交通事故の損害賠償の依頼を受けた場合などには、警察官が作成した実況見分調書を多く利用している。

しかし、本件追突事故では事故について警察に届け出をしていなかったため、警察において実況見分調書の作成がされていない。このため楠木弁護士は事故現場を見分することにしたものである。刑事事件においては勿論、民事事件でも交通事故による損害賠償事件や土地や建物等に関する紛争においては、現場の状況を把握する必要性は、真実を追求し正義を実現するうえで極めて大切であると楠木弁護士は考えている。

楠木弁護士は池上恵子から説明を受けながら事故現場の状況を確認した。事故現場は広い道路と狭い道路が交差する交差点であり、広い道路は人通りの多い道路で周囲には商店等が多く存在していた。

一方狭い道路の周囲は住宅が密集しており、普通自動車が一台通行できる程度の道幅で一方通行の規制がある道路である。狭い道路から広い道路に出る直前には一旦停止の標示があり、さらに、狭い道路から広い道路に出れば人通りの多い道路を進行することになり、狭い道路から広い道路へ出る際は徐行運転が必要な場所で、交差点付近は速度を出すことはできない場所であった。

追突事故の直後、田原は、

「突然車の前方へ人が飛び出してきたのでこれを避けるため急ブレーキをかけた」

と言っていたということであるが、急ブレーキをかけて車が停止したのは広い道路へ出る直前の一旦停止すべき場所の手前約二メートルのあたりで、もともと田原が急ブレーキをかけた少し前方は交通ルールに基づき、一旦停止しなければならない場所であり、外車を運転していた田原としては一旦停止するために当然減速すべき場所である。しかし、田原は事故直前急ブレーキをかけており、このことは急ブレーキが意図的なものであることを意味し、進路前方の広い道路を人が突然横切ったという田原の主張にも強い疑問が感じられた。

田原の主張する、

「突然車の前方へ人が飛び出してきたので急ブレーキをかけた」

という事実は、田原の運転する自動車が広い道路へ出る手前の一旦停止すべき場所で、一旦停止しないで進行しようとしていたためではないか、あるいは、突然車の前へ人が飛び出してきたという主張が、何か意図的なものであったのではないかという疑問が楠木弁護士に生まれており、この主張には事故現場の状況や事故態様から不自然さが感じられた。

楠木弁護士は事故後少し日時は経過しているが、事故現場付近で本件交通事故を目撃した人がいないかを聞いてみることにした。近くの商店の人ら何人かに聞いてみたが事故を目撃した人は見つからなかった。楠木弁護士は、本件事故は田原が進行していた狭い道路から広い道路に出る直前発生したものであり、交差点と対面する広い道路の反対側で事故を目撃した人がいないかを尋ねることにした。

ちょうど、交差点と対面する位置で広い道路の反対側にある果物屋のおばさんが店の前に出てきていたので、三カ月余り前に起きた交通事故のことを尋ねたところ、おばさんはちょっと変わった事故であったため事故の前後の様子を記憶していた。おばさんの記憶によると、ちょうどその日は最初の孫の誕生日であったため馴染みのお客さんと互いに孫のこと等を話していた、日時などについては間違いがないということであった。

果物屋のおばさんは、

「馴染みのお客さんと店の前で話をしているとき、対面する広い道路の手前で突然キーという大きな音がして車が止まった。狭い道路から広い道路へ出る少し手前で、その少し前に若い男が狭い道路から広い道路へ出てくる交差点付近の広い道路のところを小走りに横切るのが見えた。その若い男は事故の少し前から狭い道路の方を見たりして付近をうろうろしている姿を見ていたので、何をしているのかなあと思った」

と、本件事故について重大な事実を証言してくれた。果物屋のおばさんは事故後二台の車が広い道路に出て道路の端に駐車して、二台の車の運転者と思われる男と女が駐車した車の近くで話し合っている様子が続いていたことも話してくれた。

田原から楠木弁護士の事務所に最初に電話があってから二日後、再び事務所に電話があり事務員が電話に出ると、

「わしが電話で、西田静子が入院している病院に弁護士が面会に来るように言っていたがまだ来ていないな、被害者の人権を無視しているのか、そんな弁護士は弁護士の資格はない、わしが今から事務所に行く」

と言い、一時間ぐらいして田原が興奮した表情をして事務所にやってきた。田原は応対した楠木弁護士に対して、

「静子に対する休業補償は支払わないのか、静子の収入がなければわしらは生活していけない、どうしてくれるのか、外車の修繕費の支払いもどうするのか、車がないのでタクシーを使っている、この費用も当然請求するが支払う気持ちがあるのか」

と、詰め寄るように話してきた。

楠木弁護士は、

「まだ事件を受任してから日も浅く弁護士として必要な調査が未了であり断定的なことは言えませんが、弁護士としては本件事故の損害賠償は、池上恵子さんがこれまでに支払った金二百四十万円でも払い過ぎであると考えています。場合によってはこれまでに池上さんが貴殿らに支払ったお金を返金していただく必要があるかもしれません。静子さんの症状についても信用できる病院の医師の診断書があれば別ですが、

これ以上の休業補償金の支払いは考えられません。外車の補償についても陸運局等でもう少し調査しなければ断定的なことは言えませんが、あなたが要求している金額は問題外の金額であり要求には応ずることはできません」

と答えた。田原は興奮した状態で楠木弁護士を睨むような目で話を聞いていたが、

「交通事故の被害者が入院しているのになぜ見舞いにもこないのか、書類だけ見て判断できるのか」

等と大きな声をあげて楠木弁護士の対応を非難した。

楠木弁護士は、

「勿論、書類だけで判断しているわけではありません、事故現場も既に見分済みであり静子さんの病状や休業についても、池上さんや関係者らから詳しい事情を聞いてある程度具体的な事実を把握しています。基本的には本件交通事故がどのようにして起こり、衝突のショックが車や人に実際にどのように影響したかということです。交通事故は千差万別、ケースバイケースであり客観的な証拠から真実を判断しなければならないと考えています。最初に話したとおり、弁護士として本件交通事故については調査の途中であり、従って結論的なことは言えませんが、本件交通事故の態様、事故前後の関係者の言動、存在する証拠等を総合して判断すれば、既に池上さんがあなたを介して静子さんに支払った金額以上に池上さんが、田原さんや静子さんに損害賠償金を支払う理由は全く認められないということです」

と田原に対して断定的に答えた。

田原は興奮した状態のまま楠木弁護士に対して、

「こんな弁護士と話し合っても意味がない、こちらとしてはこちらの方法でやらしてもらいます、先生、

月夜の晩ばかりではありまへんで、夜道には気を付けなあかんで」

と捨て台詞を言って事務所を出て行った。

田原の捨て台詞を聞いて楠木弁護士は、これまでの経験から田原らは本件交通事故について、既に支払いを受けた賠償金以上に池上恵子から賠償金名目の金銭の支払いを受けることは困難だと判断し、楠木弁護士に対して捨て台詞を残したのではないかと考えたが、やくざの対応には予想できないものがあり、これからもより慎重に対応しなければならないと考えていた。

楠木弁護士は田原が事務所に興奮して来所してから二日後、事務員に楠病院に電話をさせて西田が病院に入院中かどうか確認したところ、西田は田原が事務所に来た翌日に退院していることがわかった。

事務員は西田静子の退院の報告と一緒に楠木弁護士に、

「確か楠病院には一年ほど前に、債務の任意整理をして現在も毎月分割弁済を続けている河瀬日出子さんが、事務員として勤めているはずです」

と、思い出したという感じで報告した。

楠木弁護士が事務所で保管している河瀬日出子の債務整理の記録を調べてみると、河瀬は家庭に同情すべき予想外の事情があって借金が増えて、河瀬の収入では債務全額の支払いが困難になったということで、弁護士会から紹介を受けた楠木弁護士が河瀬の債務の任意整理をした事件であった。

楠木弁護士が各債権者らと交渉した結果、利息の全額免除と、元金の三割を減額して残りの七割を毎月分割で支払い三年間で返済するという和解を全ての債権者との間で成立させ、このことを各債権者との間で和解契約書を作成して解決したものである。河瀬は債務整理で決められた債務を毎月きちっと支払っているということであった。

　楠木弁護士は河瀬に迷惑のかからない範囲で、楠病院における西田静子の入、退院等の事実について正確な事情を聴くことにした。

　河瀬には、依頼を受けている債務の任意整理のことで打ち合わせをするので、仕事の帰りに事務所に寄ってもらいたい旨連絡した。

　河瀬からは今日の帰りに事務所に来所するという返事があり、その日の夕方河瀬は事務所に来所してくれた。

　事務所に来所した河瀬に対して楠木弁護士は、

「依頼を受けて解決した債務整理については、あなたが和解契約書で合意した通り真面目に毎月支払っているので、和解契約書で合意した期間の三年間これまで通り支払っていけば、これまでの借金はすべて清算されてなくなりますから、和解契約書で合意した通り確実に支払うようにしてください」

旨確認した。

　楠木弁護士は、更に、河瀬日出子に対して、

「今日事務所に来てもらったのは、あなたが現在働いている楠病院に入院している患者さんのことについて聞きたいことがあったからです。患者の名前は西田静子といって、三カ月ぐらい前に交通事故で入院したことと二、三日前に再入院してすぐに退院したことは一応わかっているのだが、二回の入、退院の正確な日時の確認をしたい、あなたに絶対迷惑の掛からない範囲で無理をしないで、西田静子の二回にわたる入、退院の日時が確認できたら電話で良いので連絡してほしい」

と依頼した。河瀬日出子は、

「そんなことなら簡単です。楠病院は入院患者三十名前後の病院ですが西田静子という名前には記憶があります。楠病院は暴力団関係者も入院することでも知られていますが、患者の入、退院や診断書などの作成は事務長が管理しており、私らは詳しいことはわかりません。しかし、今聞かれた範囲のことなら簡単にわかると思います」

と、楠木弁護士の依頼に応じてくれた。

楠木弁護士は河瀬に対して、

「くれぐれも無理をしないでわかる範囲で良いので、わかったことを知らせてください」

と、河瀬が楠木弁護士の依頼に無理をして不利な立場にならないように念を押した。

二、三日して河瀬から連絡があり事務員が応対したところ、

「西田静子さんのことについて確認できたことをお知らせします。最初に入院されたのは〇月〇日で七日間入院しています、二回目の入院は約一週間前の〇月〇日で、三日間で退院しています」

とのことだった。河瀬の連絡によると静子の二回目の退院は田原が事務所に来た日の翌日であり、楠木弁護士がほぼ予想していた通りの結果であった。

楠病院は交通事故を扱う保険会社などにおいても、同病院の医師の作成する診断書はあまり信用されていないというのが大方の評価であり、西田静子の診断書に記載されている「むち打ち症」という病名は最近の交通事故の診断書ではあまり使用されていない。

楠木弁護士とすれば、西田静子の最初の七日間の病院への入院についても、入院する必要はなかったの

ではないかという強い疑問が存在し、二回目の静子の三日間の病院への入院は、田原らの要求に応じない楠木弁護士に対する牽制、嫌がらせであることは明らかであると判断していた。

交通事故に関する紛争においてもっともよく争われることは、事故原因について加害者と被害者のどちらにどの程度の過失があるかということと、交通事故によって傷害を受けたという被害者の傷害の内容、程度の真実性である。

交通事故による疾病は頭部や神経などに関する診断、治療については、ますます高度化、専門化しており普通の開業医ではその正確な診断、治療がかなり困難になってきていると言われている。

いずれにしても、楠木弁護士は本件の交通事故の態様や静子の入、退院の経過等全体の状況から、静子が病院へ入院して加療しなければならない傷害を受けたとは到底考えられないと判断していた。田原らにおいて楠病院の医師の作成した診断書の記載の病状が正しく、診断書のとおり入院加療の必要があったと主張する場合、一般的には公正で専門的な他の医療機関の更なる診断が必要であると楠木弁護士は考えていた。

田原の要求していた外車の修繕費用について、楠木弁護士は陸運事務所へ自動車の登録事項の証明の申請をしていた。陸運事務所からの回答によると、

「田原の運転していた自動車の初登録は四年前である」

ことが判明した。新車でないのに新車のように見えたのは新たに塗装をしたうえ、自動車の内部を一部改装したからではないかと考えられた。自動車の所有名義は田原ではなく別人の名義になっていた。

楠木弁護士は池上恵子から依頼を受けた損害賠償事件について、これまでの経過や結果を総合的に判断

して、本件交通事故による損害賠償金をこれ以上支払う必要はなく、場合によっては池上恵子がこれまでに支払った金員の返還を田原らに要求すべきであると考えて、今後の対応を池上恵子と相談することにした。

田原が楠木法律事務所に来所してから一カ月余りが経過した頃、楠木弁護士の連絡により池上恵子が田原らとの今後の損害賠償事件の解決の方向や、具体的な解決の内容等について打ち合わせするため事務所に来所した。

事務所に来所した恵子は楠木弁護士に対して、依頼して以降田原らから恵子や家族、そして役所などに嫌がらせや金員の要求の電話などが全くなくなったことについて感謝の気持ちを伝えた。

楠木弁護士は恵子に対して、

「本件交通事故の発生について、事故現場での見分結果等からも田原の計画的、意図的な事件であることを否定することができないこと、西田静子の病院への入、退院については、入、退院の経過や交通事故の態様等から、西田静子に交通事故による疾病のため入院の必要があったかどうかについて強い疑問があること、田原の要求する外車の修繕費用に関する調査経過等についても詳しく説明したうえで、少なくとも池上さんがこれまでに田原らに支払った賠償金以上に金員を支払う必要はないと判断している」

ということについて資料等を示しながら詳しく説明した。

恵子は感激した表情で、

「お忙しいところを短い期間にポイントを押さえた調査をして頂いて本当にありがとうございました。今お聞きしただけでも、事故によって私が負担している責任はこれまでに支払ったお金以上には、負担しなくてよいのだということがはっきりしたように思います。私は本件交通事故から四カ月余り精神的にギリギリのところまで追い込まれておりました。私や役所の関係者に対する田原らの要求や嫌がらせは、私が生まれて初めて経験することで自宅や役所に電話がかかってくると、すべて田原からの電話でないかと思い、それだけで心臓がどきどきするという状態でした、本当にありがとうございました」

と、何度も言葉を繰り返して、感謝と安堵の気持ちを素直に表現した。

楠木弁護士は恵子に対して、

「本件交通事故は池上さんから相談を受けた際から、通常の交通事故かどうか疑問のあると思われるケースであり、これまでは比較的適切に対応できたと思います。ただ、相手は暴力団関係者でいままでにも同じようなことを繰り返してきた可能性のある相手であります。今後相手がどのような出方をしてくるか予測のつかないところもあるので慎重に対応していきたいと思います。今後の池上さんの対処の方向としては、このまま田原らが何も言ってこないという状態が半年以上続けば、相手方はあなたに対する要求を完全に諦めて、事件はこのままの状態で解決すると思います。田原らとすればもともとしていることに問題があり、場合によっては刑事事件で責任を追及されることは現在では十分認識しているわけです。田原らをこれ以上追いこまないでこちらが主導権を握った状態で事件を終結することも、このような事件を処理する場合必要な方法です。本来なら当事者双方が文書に署名押印し、解決したことを確認する趣旨の文書が作成できればよいのですが、本件のような場合田原らは暴力団員特有のメンツ等を考えて現状での解決について、文書などを作成することにはなかなか応じないと思います。勿論、調停や裁判をすることによって解決する方法もありますが、そこまでしますと相手方も意地になったりしますし、依頼者の方もこのような方法を取ることについては消極的な方が多いと思います。私が担当した暴力団関係者が関与する事件の中にも、文書などを作成しないで解決した事件があり、以後長期間相手方から何らの要求や連絡もなく、暴力団関係者は請求などを諦めて事件は完全に解決したと認められる事件が何件かあります。ただ、依頼者とすれば解決したことを確認する明確な書類などが作成されていないので、いつまた問題が発生するのではないかという、不安がある期間残るということも否定できません」

と、これまでに取り扱った事件などについて具体的な説明をした後、

「本件では入院治療費以外には田原らに具体的な損害を与えていないと思われるのに、二百四十万円というお金が池上さんから相手方に支払われています。入院治療についても池上さんが負担すべきものかどうかについても強い疑問があり、この状態を放置してよいのかという問題があります。弁護士としては本件事故が仮に池上さんに過失の認められる通常の交通事故であったとしても、金二百四十万円の賠償金の支払いは高額すぎると考えていますが、田原らは池上さんに対する金員の返還には容易には応じないと思われます、池上さんはこのことについてどのように考えますか」

と恵子に意向を確認した。恵子は、

「私としては先生から今説明を受けた通り、現状で解決することについて全く異論はありません。これ以上紛争がつづいて相手方と何らかの形でも接触が継続することだけはどうしても避けていただきたいと思います。幸い相手方に支払ったお金も私が蓄えていたお金の範囲で収まっており、両親にも迷惑をかけないで済んでおります。私としては現状で解決することに不満はありませんが、先生のほうでこのまま相手方に一方的な利益を与えたままで解決することは許されないという判断であるとすれば、私としても同じ

気持ちもありますので虫のいい考えだといわれるかもしれませんけれども、あまりごたごたしたり裁判等したりしない範囲で先生のご努力で、いくらかでも支払ったお金が返ってくることは私としても大変ありがたいと思います。それに加えて私としては相手方らとの間で、この交通事故について問題がすべて解決したことを確認して、今後双方とも一切文句などを言わないことを文書にしていただければ安心できます」

と事件の解決を弁護士に依頼した恵子としてはもっともな考えを率直に話した。

楠木弁護士は恵子の話を聞いた後、

「池上さんの話を伺って弁護士として、池上さんの意向を尊重するとともにより社会的妥当性のある解決ができるよう、田原らと交渉を継続して結論を得たいと思います」

と言って恵子とのその日の打ち合わせを終了した。

楠木弁護士は田原らに対してどのように対応すれば、池上氏の希望する結論を得られるかについて少し考えることにした。

田原らは、追突事故を偽装して賠償金を支払わせる目的で事件を実行したものであり、企図した目的どおり池上恵子から賠償金名目で金員の支払いを受けていたものである。しかし、楠木弁護士が恵子の代理人として関与してからは目的は完全に中断していることから、田原らが楠木弁護士に対して強く反発し、反感を持っていることは明らかである。

楠木弁護士が恵子の意向を反映した交渉をしようとしても、田原らが容易にこれに応ずることは考えられないが、楠木弁護士はこれまで扱った類似の事件の対応から暴力団員が関与した事件について、楠木弁護士が暴力団関係者の一応のメンツを立てながら、できないことはできない、認められないことは認められないことを明確に説明して、冷静で毅然とした態度で対応した場合には、暴力団関係者らは自らの行為の持つ弱みを自覚しており、多くの場合リスクを含めた損得で対応する場合が多く、普通の事件と比較して早期に解決した場合が多いことを実感していた。

暴力団関係者らは自身の状況が不利な立場に追い込まれた場合、相手方によっては徒に強硬な姿勢を続けることにより、結果的に刑事事件等で自身が不利益な立場に追い込まれることを経験から感じ取っているようである。

反対に暴力団関係者を相手とする場合、あまり彼らを深追いして破れかぶれに近い状況に追い込むことは、民事事件の対応としては結果的に依頼者の意向に反することになる場合が多い。

楠木弁護士はこれまでの経験と知識を前提にして田原らに対して、硬軟両方の手段を使い分けて対応することにした。

楠木弁護士は田原次郎と西田静子の二人について受任後まもなく住民票を取り寄せていたが、両名が主張する住所には、

「両名とも照会の住所には該当者が見当たらない」

との回答が区役所から送付されていた。

楠木弁護士は、田原については暴力団員であり、もともと社会的なルールを守るという基本的な感覚がないうえ、楠木弁護士に対しては田原らの意図した利益の実現を、実現直前で邪魔した相手と見て感情的に反発しており、話し合いの場を持ったとしても冷静な話し合いは困難で田原らが一方的主張を繰り返す

場となるか、感情的で極めて興奮した場になる可能性が高く、直接話し合っても到底まともな話し合いが期待できず、話し合って解決する方法は極めて困難であると考えていた。

楠木弁護士は、田原らとは直接話し合うよりも、できるだけ簡明な文書を作成し送付して交渉する方法が今回の交渉にはより効果的であり、田原らも冷静に対応してくる可能性が高いと考えて、池上氏の意向を田原らに通知する文書によって交渉することにした。

楠木弁護士は文書を郵便で送付する方法としてどのような郵便の種類を選ぶかということを考えたが、普通郵便では郵便が必ず相手方に着いたという確認は得られないし、配達証明付郵便だと相手方が受領を拒否したり受領しないまま返送されたりして、池上氏の意向を伝えるという本来の目的を達することができなかったりすることを考慮して、交渉の相手方である田原と西田の両名に対して、同じ内容の通告書と和解契約書を作成したうえで、通告書と和解契約書各二通の文書を、両名にそれぞれ配達証明付郵便と普通郵便という二種類の郵便で送付することにした。

通告書及び和解契約書の内容については、弁護士が裁判所に提出する文書ではないので、一般の人にもできるだけわかりやすい文章になるように配慮した。

通　告　書

当職は池上恵子氏の代理人として本通告書を貴殿らに送付します。

平成四年〇月〇日午後五時四十分ごろ、阪神市中央区三丁目の交差点手前において発生した田原次郎氏運転の自動車と池上恵子氏運転の自動車との追突事故について、次のとおり通告します。

当職は本件追突事故について貴殿らの偽装によるものであるとの強い疑念があります。

即ち、田原氏は交差点の手前で進路前方を右から左へ走り去る男を発見して急ブレーキをかけたと主張しておりますが、田原氏が急ブレーキをかけて停止した場所は停止線の手前約二メートルの場所であって、前方約二メートルの地点は法令に基づき一旦停止すべき場所であり、当然田原氏もそのことを前提に運転していたものと考えます。停止線の直前に急ブレーキをかけて停止したという田原氏の主張は合理性を欠き極めて不自然です。

更に、当職が事故現場付近で確認した本件交通事故を目撃した人の証言では、本件事故が起きる直前には前記交差点付近の広い道路を右に行ったり左に行ったりしていた若い男がいたということです。その男は本件事故が発生する直前に突然田原氏の進行してくる狭い道路の進路前方を、右から左の方向へ小走りに横切って進行した後で付近で立ち止まっていたということです。

これらの事実を前提にすると、この男は本件追突事故を偽装するために交差点付近で予め待機していたもので、田原氏の運転する車の進行に合わせて田原氏の自動車が交差点に接近したことを確認して、交差点前方を横切ったものであり、その男は貴殿らとグル（仲間）の可能性が高いと考えています。

また、西田静子氏は本件事故によって入院加療三カ月を要するとの医者の診断書を根拠に入院したと主張しておりますが、当職の調査によりますと、実際に西田氏が病院へ入院した期間については、一回目は七日間であり、西田氏は池上氏が休業補償金を支払っている期間も風俗店で働いて収入を得ていたことが明確になっております。

更に、当職が池上氏から事件を受任して貴殿らに受任通知した直後、西田氏は病院へ再入院しましたがわずか三日間で退院している事実も確認済みです。

外車の損害の件についても貴殿らは新車云々といわれていますが、陸運事務所での調査の結果自動車は四年前に登録したものであること、及び自動車の所有者は田原氏ではないことも明らかになっております。

以上のとおり、本件追突事故は貴殿らによって計画的に偽装されたもので、貴殿らの行為は追突事故を装った池上恵子氏に対する恐喝事件であると考えております。

よって、本来なら池上氏が貴殿らに支払った金二百四十万円全額の返還を要求すべきところですが、池上氏の意向も配慮して貴殿が受け取った金額の三分の二に相当する金壱百六十万円を来る〇月〇日までに当職まで持参して返還するよう要求します。

その際には同封送付している和解契約書についても、田原氏、西田氏の両名においてそれぞれ該当する場所に署名押印して返還金と一緒に持参ください。和解契約書のうち一部は当職において署名、押印して貴殿らにお渡しします。

追って、〇月〇日までに金壱百六十万円の返還及び貴殿ら両名が署名、押印した和解契約書を事務所に届けていただかないときは、貴殿らにおいて池上氏が提案した前記和解契約書に基づいて解決する意思のないものと判断して、池上氏は貴殿らを恐喝罪で警察に告訴するとともに金二百四十万円全額の返還を求めて民事裁判を提起することになります。

以上

通告書と一緒に同封して送付した和解契約書は次のとおりである。

和解契約書

住所　　甲　氏名　池上恵子

住所　　乙1　氏名　西田静子

住所　　乙2　氏名　田原次郎

甲と乙1、乙2とは、交通（追突）事故及びこれに関連して発生した紛争に関して、此の度、甲と乙1、乙2らの間で次のとおり合意が成立したので、本和解契約書二通を作成し甲、乙らにおいて各一通を保管する。

記

一、平成四年〇月〇日午後五時四十分ごろ阪神市中央区三丁目交差点（三叉路）の手前において、乙2が運転する自動車に甲が運転する自動車が追突した事故に関して、甲が乙1に対して休業補償金として金二百四十万円を支払ったことを、甲、乙らは確認する。

二、乙らは連帯して甲に対して、金二百四十万円のうち金壱百六十万円を返還することとして、平成四年〇月〇日までに楠木法律事務所に持参して支払うものとする。

三、乙らが甲との間で本和解契約書を締結して、前項の金壱百六十万円を前項の期日までに乙らが甲に支払ったときは、甲は乙らに対して本件事故に関して、刑事告訴や金二百四十万円の返還請求の民事の裁判の提起等を行わないものとする。
四、前三項に記載した以外に甲と乙らとの間には何らの債権、債務の存在しないことを確認する。
五、本和解契約書の締結により、一項に記載した追突事故及びこれに関連するすべての紛争は完全に解決したことを甲及び乙らは確認し、今後本件に関して互いに要求や異議等を一切申し出ないことを確認する。

以上

楠木弁護士は、通告書と和解契約書を配達証明付郵便として田原次郎と西田静子宛に発送するとともに、同時に同じ内容の通告書と和解契約書を同封した普通郵便を両名宛に発送した。

通告書や和解契約書に記載した田原らが池上氏に返還すべき金壱百六十万円の支払い期限及び田原と西田が署名押印した和解契約書を事務所に持参すべき期限については、普通郵便が田原らに到達すると考えられる日から二週間後と定めた。

楠木弁護士としては和解契約書等に記載した内容は、依頼者である池上恵子の意向をできるだけ反映してこれ以上紛争が長引かないように配慮するとともに、同人がこれまでに支払った金二百四十万円の三分の二を返還させるというもので、社会的妥当性の立場からも適正なものであると考えていた。田原らを恐喝罪で起訴して有罪の判決までには、池上恵子を含め多くの人の協力が必要であるとともに、立証上も困難な多くの問題が存在することを考慮したものである。

田原らが和解契約書の内容で和解に応じてくるかどうか、楠木弁護士は自らの弁護士経験や事案や和解の内容やその後の経緯等から、田原らが和解に応じてくる可能性が強いと判断していた。

楠木弁護士がこのような判断をした理由は、事件の真相は田原らが最もよく知っているはずだが、真実を裏づける証拠の一部を把握していることについて楠木弁護士は通告書等で明らかにしており、田原が和解契約に応じなかった場合にどのような刑事上の不利益を受けるかについて、田原自身のこれまでの経験や身近にいる暴力団員等の仲間の話や見聞等を前提として、田原において比較的正確な判断が働くのではないかと考えたからである。

あまり強く自己主張をして自身が恐喝罪で逮捕されるようなことになれば、田原の経歴などから刑務所に行くことは避けられないと田原自身が判断する可能性は高いし、田原は現在西田以外にも金づる的な存在の女がおり、刑務所と現在の環境を失う不利益では比較の余地はないと判断すると思われた。

また、和解契約書等で池上氏が要求しているのは池上氏が支払った金二百四十万円の三分の二に相当する金百六十万円であり、金額的にも田原らにも金八十万円の金員の取得を認めるもので、田原としても止むを得ないと考える範囲の金額であると思われること等から、楠木弁護士は田原らとの和解契約書は成立する可能性が強いと期待していた。

田原や西田宛の郵便の送付先は、田原については田原から池上氏宛に送付された郵便に記載されていた住所であり、西田については風俗店の休業証明書に記載されていた西田の住所とした。

楠木弁護士は田原や西田に対して通告書等を郵便で発送した後で事務所の事務員に対して、メモを作成

して、

「田原らが通告書等を受け取った後で電話等があった際、弁護士が裁判などで事務所に不在のときについては、次のように伝える。和解契約書に記載した返還すべき金額の変更は認められない、送付している和解契約書に記載された内容で和解するかどうか判断すること、和解契約書は二通作成するので二通に田原、西田両名が署名押印して金百六十万円と一緒に事務所に持参してもらうこと、和解契約書の用紙が二通ないときは和解契約書をコピーして必ず二通を作成して事務所に持参する」

旨記載し、事務員にメモの趣旨に沿った対応をするように指示していた。

そして田原らが来所する場合の来所の日時についても、弁護士が裁判などで事務所に不在のときを除いて、通告書で定めた期限内で田原らが事務所に来所可能な日時を予めメモして事務員に渡していた。

6

楠木弁護士が田原らに対して、通告書等で返還を求めた金百六十万円の返済などについて、期限に指定した○月○日の前日までには田原らからは全く何らの連絡もなかった。

配達証明郵便のうち西田静子宛の郵便は、発送してから数日後に配達証明書が返送されて西田に配達されたことが確認されたが、田原次郎に対する配達証明郵便は配達証明書も配達証明郵便自体も返送されない状態であった。

通告書等で指定した○月○日の朝、楠木弁護士がいつものように十時少し前に事務所に出勤すると、事

務員が待っていたという感じで、

「先生、朝私が九時少し前に事務所に出勤すると田原さんから電話がありました。田原さんは今日お金を持って事務所へ行くということでしたので、午後二時に来所してもらうことになりました。和解契約書という書面が一部しかないということだったので、一部をコピーして二部とも田原さんと西田さんが署名、押印して事務所に持参してもらうように伝えました」

と報告してきた。

楠木弁護士は安堵した。確かに楠木弁護士は田原らに送付した通告書や和解契約書によって事件は解決するだろうという期待と判断はあったが、このような事件の解決は相手方の人間性や、通告書等を受け取ったときの状況や感情等によって、相手方の取る対応が異なってくる場合が多く、結果を予測することは困難なことについて、これまでの多くの経験から学んでいた。

楠木弁護士は和解契約書を完成させ現金百六十万円を受け取るまでは、事件が解決したことにならないと緊張感を持って対応することを自身に言い聞かせた。

その日の午後二時少し前に田原は西田を同道して事務所を訪れたが、田原はこの前事務所に来た時とは別人のように愛想がよかった。

楠木弁護士は田原らに対して、

「ご苦労さんでした、早速ですが和解契約書を見せて下さい。和解契約書を確認してからお金を支払ってください」

と言って田原らが持参した和解契約書二通を受け取り、田原と西田の住所、氏名の記載及び押印を確認した。

「和解契約書二通について、田原さん、西田さんの署名と押印を確認しました。後は私が和解契約書に池上恵子さんの代理人として署名、押印すれば完成しますので、持参していただいた現金百六十万円を支払ってください」

楠木弁護士は田原らから現金百六十万円を受けとってこれを確認した。

「確かに金百六十万円を受け取りました。領収書を作成してお渡しします、和解契約書についても私が署名、押印して一部をお渡ししますので少しお待ちください」

楠木弁護士は和解契約書の甲欄に池上恵子氏代理人弁護士楠木恒幸と署名して押印するとともに今日の日付を記載した。

領 収 書

金壱百六拾万円也、
ただし、平成四年〇月〇日付和解契約書に基づく返還金壱百六十万円として、
右正に領収しました。

と記載して、和解契約書と同じように池上恵子氏の代理人として楠木弁護士は署名、押印し日付を記載した。

これらの手続きが終わった後で楠木弁護士は田原に対して、

「お待たせしました、すべての手続きが終わりました。和解契約書及び領収書をお渡しします。このことによって平成四年〇月〇日発生した追突事故及びこれに関連した一切の紛争は、全て解決しました。今後本件に関してはお互いに要求したり、交渉を求めたり、異議を申し立てたりできなくなりました。このことをお互いによく確認してください、本件が双方の協力で早期に円満解決したことを感謝しております」

と言った。田原は楠木弁護士に対して、

「お世話になりました、これで私に対する刑事事件なども一切心配しなくてもよいのだね」

と田原自身が最も気にしていることを確認したので、楠木弁護士は、

「和解契約書にもはっきり記載しているとおり、追突事故に関連する事件、紛争はすべて解決しました。池上さんがこれらのことについて今後二度と問題にすることは絶対にありません」

と答えた。田原らは納得し、安心したようでお礼を言って事務所を出て行った。

楠木弁護士は予想していたこととはいえ、暴力団関係者らとの直接の交渉で比較的短期間に、依頼者の希望に沿った社会的妥当性のある条件で和解が成立したことに満足感を覚えていた。

楠木弁護士は事件が解決したことについて、池上さんにもできるだけ早く知らせておきたいと思い事務員に指示して、池上さんに電話で連絡した。

「田原らとの追突事故に関連するすべての事件は解決しました。解決の結果をお知らせするとともに、お金と書類をお渡しするので印鑑を持参して、池上さんの都合のよいときに予め連絡のうえ事務所へ来所してください」

池上さんは、今日の仕事の帰りにでも事務所へ寄りたいとの意向であったが、楠木弁護士は大阪高等裁

判所で今日の午後四時から民事事件の和解期日が入っており事務所に不在であるということで、池上さんは翌日の午前十一時半ごろ事務所に来所することになった。

翌日池上さんは約束の時間通り事務所に来所して、楠木弁護士に対して深く頭を下げて、

「先生、本当にお世話になりました。ありがとうございました。これは両親から預かってきました」

と、高価と思われる果物を御礼として差し出した。

楠木弁護士は、

「どうもありがとう、気を遣わないでください。今日来てもらったのは電話でもお伝えしたように、田原らとの追突事故に関する件はこの和解契約書の通り完全に解決しました。あなたが支払った金二百四十万円のうち金百六十万円が田原らより返還されました。そして本件交通事故に関連するすべての紛争は解決して今後二度とお互いに、異議や請求ができないことを文書で確認しました」

と言って和解契約書の原本及び田原らに送付した通告書のコピーを池上恵子に渡した。

池上恵子は楠木弁護士から受け取った和解契約書や通告書にひと通り目を通してから、

「先生、本当にありがとうございました。地獄に近い状態から完全に解放された気持ちです。更に、私が支払ったお金の三分の二を取り返していただいたことについては、御礼の申し上げようもありません、ありがとうございました」

と言い、本当に感謝している気持ちを身体全体で表して何度も頭を下げていた。

楠木弁護士は、事件を処理して依頼者から感謝してもらったことは、これまでにも多くあるが、池上恵子に対する偽装事故恐喝事件は楠木弁護士にとっては思い出に残る事件の一つとなった。

暴力団関係者による追突事故を偽装する恐喝事件について、楠木弁護士は警察等の関与を全く求めない状態で弁護士単独で民事事件として事実関係を解明して、多くの関係者にも迷惑や負担をかけることなく、依頼者にも満足され社会的にも妥当性のある内容の解決ができたことについて、弁護士冥利に尽きると考えていた。

偽造された公正証書遺言書

1

青木三郎は六人兄弟の三男で、次男の次郎とは年齢も二つ違いであり大変仲の良い兄弟であった。三郎らの父青木諭吉は政令指定都市である阪神市に隣接する市に居住する素封家で、山林を含む土地を多く所有しており、日本経済が高度成長してバブルといわれる状態になると、諭吉の所有する土地の価格も飛躍的に上昇していた。

青木諭吉には男五人と女一人の子供がおり、子供が結婚したり独立したりする際に諭吉は、子供に開業資金を援助して開業に協力したりしたうえ、結婚などに際しては諭吉が阪神市内に所有するマンション等を贈与していた。

次郎も父諭吉の援助を受けた資金で阪神市内に、「有限会社楠商店」を設立して雑貨等の輸入販売の仕事に従事していた。商売は好況、不況の波もあったが現在はまずまずの状況であった。しかし、次郎にとって大きな悩みは次郎夫婦には子供がいないことであった。

次郎夫婦は二人の年齢からも将来子供を授かることは困難であることについて、年齢を重ねるに従って共通の認識が生まれており、いろいろと話し合いを重ねた結果、夫婦が納得する子を養子にすることについてはほぼ合意ができていた。

夫婦の合意もあったので次郎は三郎に対して、

「お前の次男の昭雄をわしら夫婦の養子にしたいと思っているのだが、是非真剣に考えてくれないか、勿論、大切にわしら夫婦の子として育てるから」

と何回か真剣に話しかけてきたことがある。

しかし、三郎は兄の次郎に対して、

「昭雄を次郎兄さんの養子にするということは、私らの子供三人の仲を裂くということになるし、昭雄は勿論、他の兄弟の気持ちを考えるととても可哀想で難しい。妻の敏子も私以上に到底納得しないと思う」

と答えた。三郎は次郎の気持ちを十分に理解していたが、次郎に対する回答はいつも同じであった。

三郎の次男昭雄を、次郎夫婦の養子にするという期待は極めて実現困難な状況にあったが、次郎は諦めることはできなかった。

次郎と三郎は、考え方や性格もよく似ていたので兄弟の中でも最も仲が良かったうえ、三郎の次男昭雄は小さいときから次郎に懐いており、次郎も三郎の子の中で昭雄は特別の存在で実の子のように思って可愛がっていた。次郎としてはこれからも機会がある度に自分の気持ちを三郎に伝えて、昭雄が次郎夫婦の養子になってくれるように根気よく話し合っていきたいと思っていた。

次郎の妻幸恵は昭雄を養子にすることについて賛成しており、反対しているわけではなかったが、遠縁の女の子を養女として考えていたこともあったので、昭雄の養子の話がなかなか前へ進まない状態を見て夫次郎に対して、

「昭雄ちゃんを私たち夫婦の養子にすることについては、私も賛成して早く実現することを望んできたけれど、なかなか話が前へ進まないわね。養子縁組をするのなら私たち夫婦の年齢や養子の年齢も考えなければならないわね、昭雄ちゃんを私たち夫婦の養子にすることができないのなら、改めてこのことをどう

するか考えなければならないわね」

と話すようになった。

次郎としては昭雄以外の養子は考えられなかったので、追い詰められた気持ちになり三郎に連絡をして昭雄の養子の件について話し合うことにした。

次郎は三郎に会うなり、養子についての妻の幸恵との話し合いの経過を簡単に説明した後で、

「昭雄ちゃんをわしら夫婦の養子にできないときは、幸恵は遠縁の女の子を養女にしたいと思っているようで自分としては大変寂しい、昭雄ちゃんは小さいときから自分によく懐いてくれており、利発で素直な子であり自分としては昭雄ちゃん以外に養子にすることは考えられない」

と、やや興奮気味に早口に話した。

三郎はいつも以上に真剣な次郎の態度に戸惑いながら、

「兄さんの気持ちはよくわかった、私自身もよく考えてみるし妻の敏子ともよく相談したうえで、場合によっては昭雄の気持ちも聞いてみたいと思っている」

と、次郎の勢いに釣り込まれたように答えた。

次郎としては弟の三郎に自分の気持ちは全部伝えたと思っており、三郎が場合によっては昭雄の気持ちを直接確認してくれると言ってくれたこともあり、少し落ちついた気持ちで待つことにした。

次郎と三郎は同じ阪神市内に住んでいることもあって、次郎は昭雄が小さいときから遊園地に連れて行ったり、昭雄が欲しがっていた玩具を買ってくれたりしていた。

昭雄が、

「次郎おじちゃん、次郎おじちゃん」

と言って次郎に大変懐いていたことは三郎もよく知っていた。

三郎は次郎との話し合いの中で、昭雄を次郎夫婦の養子に出すことについて、前向きとも取られる話をしたことについて責任を感じていた。

次郎は父の諭吉の考え方の影響もあって、古いといわれるかもしれないが家の継続ということを、重く考える生き方をしていることを三郎は理解していた。

三郎としては昭雄を次郎夫婦の養子に出すかどうかについては、妻の敏子の同意を得ることが必要不可欠であると思っており、敏子は昭雄を次郎の養子に出すということについて今は考えていないと思っているが、三郎のこれまでの経験から敏子は最終的には自分の気持ちに従ってくれると思っていた。具体的な問題として真剣には考えていなかったが、昭雄ら子供たちのためにも昭雄を次郎の養子に出すことについては、できたら避けたいというのが三郎の偽らざる気持ちであった。

しかし、昭雄を養子にすることを強く求めているのは三郎と最も仲の良い兄の次郎であり、子どもがいないということは夫婦の力ではどうにもならないことであるので、三郎は次郎の気持ちを無視することもできなくなっていた。

三郎は三郎なりにいろいろと考えたがこのような場合妙案があるはずはなかった。結局三郎は当事者である昭雄の気持ちを大切にしよう、昭雄が次郎夫婦の養子になるかどうかは本人の気持ち次第でないかと考えた。

昭雄も小学四年生になっており利発な子であり、昭雄が次郎夫婦の養子になることに少しでも抵抗があるようなら、三郎は昭雄のためにもこの話は断るべきであると考えた。

問題は昭雄に兄次郎夫婦との養子の話を、いつどのように話したらよいかということであったが、三郎はもともとこのような話は不得手であり、小学生である昭雄が三郎の話をどのように受け止めるか等と考えると、三郎は昭雄にこの話を切り出すことがなかなかできなかった。

そのようなとき次郎から三郎に連絡があった。体調が悪かったので医者の診断を受けたところ肺がんが発見され、しかも肺がんは相当進行しており、余命はあと数年ではないかと診断されたということであった。

更に、

「私の余命もあと数年ということであり、昭雄ちゃんの養子の件も余裕がないのでできるだけ早く良い結論を知らせてほしい」

と、懇願とも聞こえる連絡があった。

三郎にとって兄次郎の肺がんは全く予想していないことであったが、当時の状況では肺がんと言えば死の宣告に近く、次郎の病状を知った以上昭雄を兄夫婦の養子に出すかどうかの判断は、ますます躊躇できない状況に追い込まれていた。

三郎は妻の敏子に対しては昭雄と兄夫婦との養子について、これまで何も話していなかった。

敏子は昭雄の養子のことについては三郎や次郎の言動などから薄々気付いていたようであるが、気付かない振りをして口出しなど一切していなかった。

三郎は敏子に対して夕食後二人きりになった際、昭雄と兄の次郎夫婦との養子縁組についてのこれまで

の経過を簡単に伝えたうえで、

「昭雄を兄夫婦の養子に出すかどうかについては、昭雄の気持ちを一番大切にしたいと思っているし、敏子が反対するときは昭雄の養子の件は、兄に諦めてもらうように連絡する気持ちである。これらのことを前提として昭雄の母としての敏子の気持ちを聞かせてほしい」

とできるだけ穏やかに話しかけた。

敏子は、

「わかりました。昭雄の気持ちはあなたが確かめてください、私は昭雄の気持ち次第です」

と、多くを語らなかった。

三郎は敏子の返事によって、ますます追い込まれた状態で昭雄の気持ちを確認しなければならなくなったが、昭雄がまだ小学生であること、養子という制度について三郎自身もあまり理解していないこともあって、

「昭雄が兄夫婦の養子になるということは具体的にどういうことなのか、養子になった後の昭雄と自分や兄弟との関係がどうなるのか」

等について、昭雄が理解できるように話すとともに、昭雄が三郎に自分の気持ちを素直に話せるように伝えることは、三郎にとって極めて難しい荷の重い役割であった。

三郎は昭雄の養子についていろいろ考えたり悩んだりしているときふと気が付いた。確かに昭雄を兄の次郎夫婦の養子にするという話は兄の次郎から頼まれたことであり、三郎も兄の気持ちなどを理解してこれに協力しようと思ったものであるが、最初に考えたのは昭雄の将来のことであった。昭雄が兄夫婦の養

子になることが昭雄の将来にとって幸せになることであると考えたから、昭雄と兄夫婦との養子の話を進めようとしたのである。当事者は昭雄であり昭雄の気持ちが何よりも大切であることである。難しく考えないで常識的な内容で父子間の普通の会話の中で昭雄の気持ちをざっくばらんに聞いてみることにした。

昭雄は十歳になったばかりの小学生であり判断力が充分でないことは当然であるが、利発な子であるうえ性格もしっかりしており、三郎が昭雄の立場にたってわかりやすく説明すれば、昭雄も兄夫婦との養子の話をそれなりに理解してくれて、三郎が昭雄の気持ちを確かめることはできると思った。

三郎が妻の敏子に昭雄を兄夫婦の養子に出すことについて相談をしてから、一週間ぐらい過ぎたころ、三郎は昭雄の気持ちを確かめるため昭雄を自分の部屋に呼んだ。

そしてできるだけ穏やかに普通の親子の会話ということを意識して三郎は昭雄に話しかけた。

「昭雄、これからお父さんの話すことを落ち着いて聞いてほしい、お父さんは次郎おじさんから少し前に頼まれていたのだが、次郎おじさんと幸恵おばさんは、昭雄におじさん夫婦の養子になってほしいと言っている、養子というのはわかりやすく言うと、昭雄が次郎おじさんとおばさんの家の子になり、次郎おじさんと幸恵おばさんが昭雄のお父さんとお母さんになるということである。勿論、昭雄がおじさん夫婦の養子になってもお父さんの実の子でなくなるわけではないが、昭雄のお父さんお母さんは次郎おじさん夫婦になる、昭雄の兄弟との関係はそのままである」

三郎もできるだけ落ち着いて話した。昭雄は内心はともかく比較的落ち着いた様子で父三郎の話を聞いていた。

三郎は話を続けて、

「お父さんとお母さんは昭雄を次郎おじさん夫婦の養子にすることについて、いろいろと話し合ったがお母さんは反対の気持ちが強い。昭雄を私たち夫婦や他の兄弟と別れ別れにすることに対する母親としての、やりきれない気持ちがあって賛成できないといっている。お父さんの気持ちもお母さんと同じであるが、男兄弟として次郎おじさんの気持ちもわかる、男はいつか家を出て独立しなければならないことも事実である。お父さんとしても昭雄が次郎おじさん夫婦の養子になることが、昭雄の将来にとってマイナスになると考えるときは昭雄にこのような話はしない、一番大切なことは昭雄自身の気持ちである。昭雄が次郎おじさん夫婦の養子になることについて少しでも気が進まないようなら、お父さんは次郎おじさんにはっきり断ることにしている」

と昭雄に三郎や妻敏子の気持ちを伝えた。

そして三郎は最後に昭雄に対して、

「今のお父さんの話をよく考えて昭雄の正直な気持ちを知らせてほしい、お母さんと相談しても良いが、昭雄も知っているとおり次郎おじさんは癌という病気になってそんなに長生きできないのではないかと言われている、できれば十日間ぐらいの間に返事をしてほしい」

と、できるだけ昭雄が昭雄の気持ちを正直に話しやすいようにと考えて話した。

昭雄は一言も言わずに父三郎の話を黙って聞いていたが、父三郎の話が終わった後にも昭雄は特に表情を変えた様子もなく、父三郎の最後の話の後にわかったという意味で首を縦に振って部屋を出て行った。

三郎の話を聞いた後も昭雄は、特に変わった様子を見せず翌日からも普通に学校へ通学している様子であり、三郎も昭雄が特に落ち込んだり悩んだりしている様子が見えなかったのでひとまず安心していた。

三郎が昭雄に兄の次郎夫婦との養子の話をしてから四、五日後、家族の夕食がほぼ終わって家族が全員揃っているところで、

昭雄が突然、

「お父さん、この間お父さんから僕の気持ちを知らせるように言われていた、次郎おじさんとの養子のことについて今返事してもいい」

と三郎に話しかけてきた。

三郎は昭雄の兄弟など家族全員が揃っているところであったので少し躊躇したが、昭雄の養子の話は家族全員にも関係のあることなので、

「家族全員がいるところで良ければ昭雄の正直な気持ちを聞かせてほしい」

と三郎は緊張して答えた。

昭雄も緊張した様子で、

「お父さん、僕次郎おじさんの養子になる、お母さんにも相談しました」

と、昭雄にとっても父の三郎にとっても重大なことをいとも簡単に、しかも、びっくりするほどはっきりと三郎に伝えた。

三郎は昭雄と兄次郎夫婦との養子のことについては、昭雄は敏子に相談すると思っていたが、敏子は昭雄を養子に出すことについては反対の気持ちが強いと思っており、敏子が昭雄から相談されても容易に賛成することはないと思っていたので、三郎は昭雄の回答に一瞬戸惑った。三郎は妻敏子の方をちらっと見ながら、昭雄に気持ちをもう一度確認したが昭雄の答えは同じであった。

三郎と昭雄の話を黙って聞いていた二人の兄弟は、何の話をしているのかはじめは理解できなかった様子であったが、父の三郎が昭雄の気持ちを確認するなどしている内容から、昭雄を次郎おじさんの養子にする話であることを理解したようである。

昭雄の兄の英雄は、昭雄が父の兄の養子になるという話に大変びっくりした様子であった。父三郎と昭雄の話がひとまず終わったと思われる頃英雄が父三郎に向かって、

「昭雄を次郎おじさんの養子にする話を突然聞いてびっくりしている。なぜ昭雄を養子にすることになったんですか、三人の兄弟が別々になることはたいへん寂しいし昭雄が可哀想です」

と、英雄は昭雄の兄として、率直な気持ちを伝えた。

三郎は英雄と三男の恒雄に対して、

「次郎おじさん夫婦にはみんなも知っている通り子供がいない、子供がいないということは次郎おじさん夫婦にとっては大変寂しいことで、お父さんは兄の次郎おじさんから相当以前から昭雄を養子にしたいので是非考えてほしいと頼まれていたが、お父さんも昭雄や英雄らのこと等いろいろ考えて次郎おじさんに対する返事を延び延びにしてきた。しかし、みんなも知っているとおり、最近、次郎おじさんが癌を患い余命も長くないのではないかということがわかった。次郎おじさんからは昭雄の養子のことについてできるだけ早く良い返事が欲しいという連絡があったので、お母さんと昭雄に相談していたところ、先程みんなも聞いた通り昭雄から昭雄の気持ちを知らせてくれたのである」

と話した。英雄らは三郎の説明だけでは納得できないという様子であったが、昭雄の気持ちを考えたのか、それ以上は何も言わなかった。

三郎の妻敏子は三郎と昭雄が話をしている間も、英雄らが父の三郎と話をしている間も黙って話を聞いているだけで、何も口出ししたり意見を言ったりしなかった。敏子は昭雄とはよく話し合って昭雄の気持ちはよく理解しているという感じであった。

2

三郎は兄の次郎から頼まれていた昭雄の養子のことで、兄の期待に添う内容で昭雄や妻の敏子の気持ちを確認することができたので、このことをできるだけ早く知らせたいと思い、兄に会いたい旨を連絡したところ、兄は忙しくしていたようであるが、都合をつけて翌日の午後に兄の家で会うことになった。

翌日三郎が兄の家に行くと兄と妻幸恵が三郎の来るのを待っていた。三郎は簡単に挨拶を済ませたうえで兄の次郎夫婦に対して、

「次郎兄さん、幸恵姉さん、昭雄の養子のことについては返事をするのが遅くなっていましたが、昭雄の気持ちを直接確認することができました。昭雄は次郎兄さん夫婦の養子になることを気持ちよく納得してくれました。妻の敏子もこれまでの消極的な気持ちを変えて昭雄とよく話し合ってくれたようで、昭雄も妻も気持ちよく昭雄を次郎兄さん夫婦の養子にすることに賛成してくれました。英雄ら兄弟も昭雄の養子について子供なりに事情を理解してくれました」

と、昭雄が兄の次郎夫婦の養子になることを三郎の家族が納得した事情を一気に話した。

兄の次郎は三郎の話を聞くなり身体全体で歓びを表して三郎に握手を求めて、

「三郎ありがとう、ありがとう」

と繰り返してから、

「私もできるだけ早く昭雄ちゃんに会って話がしたい、そのうえで三郎の家族と私ら夫婦で昭雄ちゃんの養子縁組について内祝いを行ったうえで養子縁組の届けを出したい」

と興奮気味で話した。

兄次郎の横で三郎の話を聞いていた妻の幸恵も、次郎と気持ちは同じであるということを表情に出して頷いたり頬笑んだりしていた。

三郎は、兄の次郎から妻の幸恵は幸恵の遠縁に当たる女の子を養子にしたいと言っていたということを聞いていたので、そのことをちょっと気にしていたが、先程の兄の次郎夫婦の態度などから、幸恵も昭雄の養子について気持ちよく賛成してくれているのだなと判断して安心した。

昭雄の養子縁組の内祝いは養子の話がまとまって約半月後の大安の日に、市内で最も格式のある神社で、昭雄本人、次郎夫婦、三郎夫婦と昭雄の兄弟らが出席して厳粛に行われた。

その数日後の平成三年○月○日、次郎夫婦と昭雄の養子縁組の届け出が区役所に提出された。

この頃の日本はバブル経済が崩壊する直前であったが、多くの市民はそのことには気が付いていなかった。

区役所に昭雄の養子縁組の届け出をした日から、昭雄は次郎夫婦と一緒に生活をするようになった。三郎夫婦にとっては予想していたことではあったが、昭雄のいない生活に慣れるには相当の時間の経過が必要であったし、昭雄と兄夫婦との生活についても不安や心配が尽きなかった。

確かに小さいときから昭雄は次郎を、

「次郎おじちゃん、次郎おじちゃん」

と呼んで大変懐いており、次郎も昭雄を昭雄の兄弟の中でも最も可愛がっていたし、三郎も次郎の性格はよく理解していたので、昭雄と次郎との関係については心配はいらないと思っていたが、次郎の妻幸恵と昭雄との関係については次郎から、

「外見は優しく見えるが芯が強く妻の身内を大切にするタイプである」

と聞いていたので昭雄と幸恵との関係については不安もあった。

特に次郎は癌という不治の病とも考えられた病気になっており、昭雄が兄夫婦の養子になってあまり日時が経過しないうちに、次郎に万一のことがあった場合について、三郎夫婦は昭雄のことが非常に心配であった。

このこともあって三郎は兄夫婦と昭雄の養子縁組について、最終的に話をまとめた話し合いの席で、

「次郎兄さん、昭雄との間でおめでたい話がまとまった席で、このような話をするのは兄さんらには大変失礼な話で、申し訳ないことであるが昭雄の為であり勘弁してほしい。昭雄と養子縁組をしてあまり日時が経過しないため、昭雄が兄さん夫婦との生活に慣れない間に、兄さんが万一亡くなるというようなことがあったときには、養子縁組を維持することは当然としても、昭雄の日常の生活する場所については、そのときの昭雄の気持ちを尊重して養子先でも実家でもよいという約束をしてほしい」

と昭雄のために次郎に万一のことがあった場合の対応についての配慮を求めた。次郎は、

「三郎の配慮は昭雄の為を考えればもっともなことであると思う、養子に来て私たち夫婦との日常生活に

慣れない間に私が亡くなるということになれば、昭雄の気持ちを大切にしてやりたいと思っている。ただ私自身昭雄が私たち夫婦の子として馴染んでくるまでは何としても生きていたいと思っている」

と言い、妻の幸恵もその場で次郎の意向に同意したものである。

昭雄が兄夫婦の家庭で生活するようになってから三郎は、たまに兄の家を訪ねたり仕事等のついでにそれとなく昭雄の様子を観察したりしていたが、昭雄の態度や表情などに以前と変わった様子はなく、学校もいつもと同じように元気に通学しているということで三郎夫婦はひとまず安心していた。

心配していた兄次郎の病気については、昭雄との養子縁組に関する行事等も終わり、昭雄も次郎夫婦との生活に少し慣れてきたということで、次郎は肺がんの手術をすることになった。

手術の日には昭雄も立ち会ったが手術の始まる前に病室から退室していた。肺がんの手術は成功し癌も発見された当時より進行しておらず、悪性な癌ではなかったということであったが、転移や再発の可能性も否定できないので今後も定期的な検査が必要であるとの医師の診断であった。兄次郎の担当医師は肺がんの手術については名医と評価の高い医師であったということで、手術後の経過は順調であった。

予想より早く健康を回復した次郎は休みの日には、昭雄を遊園地に連れて行って一緒に遊び、近くの海岸で昭雄と一緒に磯釣りをするなど、次郎と昭雄は実の親子と変わらないと思われる自然な日常生活が続いていた。

昭雄はいつの頃からか気が付いたときには養父母である次郎夫婦を、

「お父さん、お母さん」

と呼ぶようになっていた。

このようなこともあって昭雄と養母の幸恵との間も自然に良好な関係になっていた。昭雄と養父母との良好な関係は昭雄の素直な性格も大きく影響していた。

昭雄は小学校を卒業して中学校、高等学校へと進学したが中学校や高等学校の成績は継続して上位であった。

昭雄が高等学校の二年生になった頃、昭雄は実父の三郎から会いたいという連絡を受けて三郎の指定した喫茶店で会うことになった。

三郎と昭雄は昭雄が次郎夫婦の養子になってからも、いろいろな機会に会っていたので気楽な気持ちで会ったのだが、このときの三郎はいつになく真剣な表情をしており、会うなり昭雄に対して、

「これから私が話すことは昭雄にとって重要なことなのでよく聞いておいてくれ、ここに私が持ってきたのは公正証書遺言書という書類であるが、昭雄にとって大変重要なことが書かれた書類である。現在は青木三郎名義で○○銀行○○支店の貸金庫で保管しているが、私が死亡したときには銀行の貸金庫から取り出して昭雄が確実に保管してほしい」

と言った。実父三郎は公正証書遺言書と書かれた縦約二十五センチ、横約十センチの白い封筒をテーブルの上に置いて、銀行の貸金庫の開け方を昭雄に簡単に説明した後で、貸金庫の鍵と貸金庫を開けるために必要な、暗証番号を書いたメモ用紙を入れた小封筒を昭雄に手渡した。

昭雄は実父三郎の話を真剣に聞いていたが、初めて聞く言葉が多いうえ何故このようなことをしなければならないのか見当もつかなかった。三郎はさらに昭雄に対して、

「これから私の話すことは昭雄にとってとても大切なことなので間違いのないように聞いてほしい。今私

が昭雄に渡した公正証書遺言書のことであるが、私が亡くなったときに既に兄の次郎が亡くなっていれば、銀行の貸金庫から公正証書遺言書を取り出したうえで、司法書士に依頼して公正証書遺言書で相続の登記をするようにしなさい、しかし、私が兄の次郎より先に亡くなったときは、公正証書遺言書を銀行から取り出して昭雄自身が確実に保管したうえで、兄の次郎が亡くなった際に、司法書士に依頼して公正証書遺言書で相続登記をするようにしなさい」

と言った。実父の三郎は、話し終わった後で話したことの要点を記載したメモ用紙を作成して、銀行の貸金庫の鍵等を入れた封筒の中に入れた。三郎は登記を頼む司法書士は信用のある人にするようにと確認していた。

また、三郎は銀行の貸金庫には公正証書遺言書だけを保管しており、この貸金庫については自分が亡くなったときには昭雄だけが貸金庫を開けられるように手続きをしているということを、昭雄にも理解できるように易しく説明した。

昭雄は三郎から聞いた話は突然のことで全く予想していなかったことであり、そのうえ、これまで聞いたこともない言葉が多くてその場で完全に理解することはできなかったが、公正証書遺言書、銀行の貸金庫という言葉と実父三郎の死、養父次郎の死の前後による登記の取り扱いの区別等の説明が印象に残った。

しかし、昭雄は実父の三郎が昭雄を喫茶店に呼び出し、日頃殆ど見せたことのない真剣な表情で話したことから判断して、三郎が昭雄に喫茶店で話したことは昭雄にとって重要な問題であることを理解していた。

昭雄は実父三郎の話や三郎が作成して昭雄に渡してくれたメモを前提に、三郎の話を頭の中で次のように整理していた。

1　銀行の貸金庫に公正証書遺言書という重要な書類を保管している。
2　実父の三郎が亡くなったときには、銀行の貸金庫から公正証書遺言書を取り出して昭雄がこれを保管する。
3　実父三郎が亡くなったときに養父の次郎がすでに亡くなっているときは、司法書士に依頼して公正証書遺言書で相続登記をする。
4　実父三郎が亡くなったときに養父次郎が生存しているときは、養父の次郎が亡くなった後公正証書遺言書で相続登記をする。
5　公正証書遺言書に関する件は、相続登記が完了するまで秘密を守る。
6　実父の三郎がどのような目的で、公正証書遺言書のことを話すのか全く理解できなかったが、実父三郎の日頃見せたことのない真剣な表情から、昭雄の将来の為に何か重要なことを話している。

昭雄は実父三郎の話の中で出てきた、公正証書遺言書で相続登記する際必要な信用できる司法書士については心当たりがあった。親しい友人である青野のお父さんが司法書士をしていることは以前から青野から聞いて知っていたので、公正証書遺言書で相続登記する際には青野司法書士に相談すればよいのだなと思い幾分気持ちが楽になった。

三郎は話が終わって喫茶店を出る直前に昭雄に対して、

「ここに郵便貯金の通帳がある。五百万円の貯金があるので通帳と印鑑を昭雄に預けるから保管してくれ。公正証書遺言書で相続登記する際費用が必要になるのでこのお金を使ったらよい」
と言って、青木昭雄名義の郵便貯金通帳と印鑑を昭雄に手渡した。

3

話は戻るが、昭雄が兄の次郎夫婦の養子になってから一年余り経った頃、三郎は市内で経営する酒販店「有限会社楠酒店」の運転資金に充てるために、取引銀行を介して国民金融公庫から融資を受けることを考えていた。

三郎の経営する酒販店は大規模な量販店や専門店の出現によって競争が激しくなっており、三郎も酒、ビール、ウイスキー、ワインは勿論、食料品、調味料、雑貨等の商品を広く取り扱うことによって、酒販店が黒字経営になるように努力していた。しかし季節や商品の仕入れなどによって運転資金が必要になることがあり、これまでにも数回取引銀行を介して国民金融公庫から融資を受けており、公庫からの融資の手続きの概要は理解していた。

三郎は国民金融公庫から融資を受ける際には、これまで兄の次郎に頼んで連帯保証人になってもらっていた。今回の融資についても兄の次郎に連帯保証人を依頼する予定であった。

三郎は国民金融公庫から融資を受ける際に必要な関係書類を、予め取引銀行から預かって兄の次郎に会うことにした。次郎も三郎も同じ取引銀行であるうえ取引期間も長かったので、次郎も三郎も銀行の信頼もあり銀行はある程度の無理は聞いてくれる関係にあった。

三郎が事前に連絡をしたうえで兄の次郎に会い、電話で話した通りこれまでと同じように国民金融公庫から融資を受けることになったので、連帯保証人になってもらいたいと頼むと次郎は、

「わかった」

と言って、気持ちよく連帯保証人になることを承諾したうえで、三郎が持参していた国民金融公庫から融資を受ける際に必要な連帯保証に関係する書類に住所、氏名等を記載して実印を押印したうえ持参していた次郎の印鑑証明書を三郎に渡した。

そして次郎は三郎に対して、

「確か前回の連帯保証人のとき書類に押印漏れか訂正印がいるとか言って、私が直接銀行まで行って印鑑を押さなければならないことがあったが、そんなことで銀行に行ったりするのは面倒なので三郎の国民金融公庫での融資の手続きが済むまで、私の実印を三郎に預けておくから手続きが終わったら返してくれ」

と言って実印を三郎に預けた。

国民金融公庫の代理店である銀行の支店の担当者は兄の次郎も三郎もよく知っており、融資を受けるために必要な書類に次郎の印漏れなどがあった際に、次郎の実印を預かっていれば次郎が直接銀行まで来なくても、融資の手続きを済ませることができると三郎も考えて、実印と印鑑証明書を次郎から預かった。

三郎は国民金融公庫から融資を受けるために必要な、次郎の連帯保証人としての署名、押印のある書類や、他の関係書類を銀行の支店に持参してできるだけ早く融資を受ける予定でいたが、思いがけない取引先からの入金があって会社は運転資金の融資を受ける必要がなくなった。

入金のあった取引先は三郎の経営する「有限会社楠酒店」の古くからの取引先であり、取引先の倒産等があってここ数年、業績が落ち込んでいるということであったので、三郎が業績が回復するまで支払いを猶予していた取引先であった。その取引先が従業員を含めた全員の努力で業績が回復してきたということで、苦しいときに支払いを猶予してもらったことの御礼の意味を含めて、三郎の会社に未払代金全額の支払いをしたのであった。

三郎としては国民金融公庫から融資を受ければ、借りたお金に相当高い利息を含めて元利金を返済しなければならないことになるのだがその必要がなくなり、今回の取引先の入金は予定していなかった思いがけないものであるうえ、過去の遅滞していた売掛金の回収であり、会社としてはこのうえない朗報であった。

国民金融公庫から融資を受ける必要がなくなったので、三郎は兄の次郎から預かっていた実印と印鑑証明書をできるだけ早く返さなければならないと思っていた。

三郎は国民金融公庫から融資を受けるための手続きを始める少し前に、親しい友人から公正証書遺言書を作成したという話を聞いたことがあり、その友人の話では、

「公正証書遺言書を作成しておけば、遺言者の意志も明確で保管も確実であり、相続に関する身内の争いを防ぐために最もいい方法である」

とのことだった。友人は弁護士の知り合いがなかったため、弁護士会で紹介を受けた弁護士に依頼して、公正証書遺言書を作成したということであったが、当時、三郎は遺言書のことについてあまり興味がなかったので、友人の話に相づちを打つ程度で聞き流していた。

三郎は昭雄を兄次郎の養子にすることについて、兄は癌を患っていて余命があまり長くないということ

であり、万一、昭雄が養子になって間もない時期に、兄が亡くなった場合の昭雄の立場を考えると不安があり、そのことについて三郎自身の責任の重大性を感じていた。

現在は、幸い兄次郎の肺がんの手術は成功して一応健康を取り戻しているが、癌はまだ不治の病というのが普通の市民の感覚であり、転移や再発の可能性もあるということで、兄の健康について三郎は不安を払拭することができなかった。兄が昭雄との養子縁組後も相当期間健在で、昭雄の将来について一定の配慮などをしてくれれば三郎も安心であるが、そのようなことができないまま兄が亡くなった場合のことを考えると、三郎は昭雄の将来が不安で気持ちが落ち着かないことがあった。

兄の次郎が亡くなった後の兄の財産を昭雄はちゃんと相続することができるのかという不安である。三郎自身父諭吉から独立の際などには相当の援助を受けており、その援助がなかったら現在の「有限会社楠酒店」は存在しなかったかもしれないと思っている。

昭雄は将来どのような職業に従事するのかは全くわからないが、三郎自身の経験からも財産的な裏付けがあれば、昭雄もより広い選択肢を持つことができるのではないかと考えていた。兄の次郎が三郎に、昭雄を養子に欲しいという話をする際によく話していた、

「昭雄が私の養子になってくれれば、私が阪神市の中心付近に所有する賃貸ビル（楠ビル）を昭雄に譲りたい」

と言っていたことが実際どうなるのか。

確かに昭雄は兄夫婦の唯一人の相続人であり、兄夫婦が二人とも亡くなったときは夫婦の全財産は昭雄が相続することは間違いない事実である。しかし、兄が早い時期に亡くなった場合等、兄の妻幸恵は兄の

意向に従って対応してくれるだろうか、世の中で実際に起こっている相続に関する紛争を聞くたびに三郎は不安を覚え、昭雄のために何かしなければいけないのではないかと考えていた。

このような気持ちのとき三郎は不要になった兄次郎の印鑑証明書と実印が手元に残り、つい最近友人から聞いた公正証書遺言書のことが頭に浮かんでいた。

三郎に公正証書遺言書のことを話した友人は、

「公正証書遺言書を作成する際には、遺言をする本人の印鑑証明書と実印が必要で、証人も二名必要であるが適当な証人がいなければ、依頼した弁護士が準備してくれる」

と言っていた。費用は必要になるが遺言者が死んだ後、財産のことで身内の者が争うことを避けるためには、公正証書遺言書を作成しておいた方が良いということを、友人が強く主張していたことを三郎は思い出していた。

このような状況にあるとき三郎は昭雄を守るためとはいえ、三郎自身びっくりするような考えが浮かんだ。

「友人から聞いた話を前提にすると、兄の次郎から預かっている実印と印鑑証明書を使用して、友人がしたのと同じような方法で兄の作成した公正証書遺言書を作成することができるのではないか。兄次郎の所有する『楠ビル』を昭雄に相続させるという公正証書遺言書は、兄の意志を実現するとともに昭雄の将来のためでもある。しかし兄が生前に昭雄の為に手続きを済ませておれば三郎が作成した公正証書遺言書は必要がなくなることになる」

三郎は何かに取りつかれて平常心を失ったかのようになり、兄次郎から預かっている実印とたまたま不要になった印鑑証明書について、昭雄の将来のためにという強い思いが、三郎がこれまで考えたこともないプランを生んでいた。

勿論、三郎はいくら兄と親しいからといっても、また、兄の気持ちを実現するものであるとしても、兄の実印や印鑑証明書を無断で使用して三郎のプランを実行することは、社会的に許されない行為であるということについて三郎は十分認識していた。

三郎は昭雄のために兄次郎名義の公正証書遺言書を作成したいという気持ちと、社会的に許されない方法までして実行することが本当に昭雄のためになるのかという葛藤を数日心の中で繰り返していた。兄の次郎から預かった実印と印鑑証明書が三郎にとって極めて幸運な事情で使用する必要がなくなったのは、昭雄のために天が与えてくれたチャンスではないかと三郎は考えることにした。友人から説明を受けた通り兄次郎名義の公正証書遺言書を本当に作成することができるのか、三郎はそのことの方の不安が大きかった。友人から説明を受けた方法でやってみよう、それがうまくいって兄の次郎の公正証書遺言書を作成することができれば、天もこのことを許してくれたのではないか、三郎は自分自身を納得させるためにこのように考えることにした。

4

三郎は、兄の次郎から預かった実印と印鑑証明書を使用して兄次郎の公正証書遺言書を作成する手続きに必要な弁護士の紹介を受けるために、市の中心にある弁護士会館に行き弁護士会の担当者に、弁護士の関与した公正証書遺言書を作成したいので弁護士を紹介してほしい旨申し出た。

弁護士会の担当者から所定の用紙を渡されたので、三郎は用紙に兄の次郎の住所、氏名、電話番号（三郎の携帯電話の番号）等を記載して担当者に提出した。しばらく待っていると弁護士会の担当者から弁護士を紹介する書面を渡された。その書面では長瀬一郎という弁護士を紹介していた。

三郎は弁護士会の担当者の指示に従ってその足で教えられた長瀬弁護士の事務所を訪ねた。長瀬弁護士は三十代半ばの若い弁護士であった。

長瀬弁護士は三郎から弁護士会の紹介状を受け取ると、

「公正証書遺言書を作成したいのですね」

と三郎の意志を確認したうえで、次郎には相続人が何人いるのか、財産はどのようなものがあるのか、公正証書遺言書で遺言したい財産は財産の全部か一部か、財産を誰に相続させたいのか、財産の評価額がおおよそどれくらいか等と矢継ぎ早に質問してきた。

三郎は落ち着いて長瀬弁護士に対して、

「私の財産は市内に敷地が百坪余りの自宅と、市の中心に近い所に敷地約百五十坪の賃貸ビル一棟があります。これらの財産の他に預貯金や株等合わせて二億円余りの財産があります。これらの財産のうち賃貸ビルを私の養子である青木昭雄に相続させたいので公正証書遺言書を作成したい。私の相続人は妻と養子だけです」

と聞かれたことについて簡単に答えた。

長瀬弁護士は三郎の話を聞いて、

「今のあなたの話を前提とする限り、あなたが作成したいと考えている公正証書遺言書が遺留分を侵害する可能性はないと思います。従って公正証書遺言書を作成しておけば将来の紛争は避けられると考えます。ただ、より正確な判断をするために必要ですので、自宅と賃貸ビルの固定資産評価証明書を区役所で交付を受けて事務所に届けてください。また、公正証書遺言書を正確に作成するために必要ですので、賃貸ビルの登記簿謄本とあなたの住民票、戸籍謄本を一緒に届けてください」

と、公正証書遺言書を作成するについての、注意すべき事項等や持参すべき書類について三郎に説明した。

そして長瀬弁護士は三郎に対して、

「公正証書遺言書を作成する際には、あなたの相続人や直系の親族等を除いた証人が二名必要です。適当な証人がおられたらその証人の住所、氏名を言って頂いたうえで、後日その方の住民票を届けて下さい」

と言った。三郎は、

「証人になってくれる人がいないわけではありませんが、この公正証書遺言書の作成については身内の者や身近な人にはあまり知られたくないので、今すぐに適当な人の名前が浮かんできません」

と答えた。長瀬弁護士は三郎に対して、

「わかりました、遺言書を作成する場合遺言書の内容によっては、適当な証人がいないという方がかなりおられます。ただ、遺言書の証人は大切な存在ですので、あなたの方で適当な証人が見当たらないということであれば弁護士の方で準備しますが私どもで準備した証人については、日当が必要になります。この日当はあなたの方で負担していただくことになります。公正証書遺言書を作成する場合には他に、弁護士に対する費用と公証人に対する費用も必要です」

と、証人の日当、公証人の費用、弁護士に対する費用の概算を説明した。

更に、長瀬弁護士は三郎に対して、

「私が先程説明した公正証書遺言書を作成するために必要な、青木次郎さんが準備していただく書類が全て揃いましたら私の方で、公証人と打ち合わせたうえ公正証書遺言書を作成する日時を決めて青木次郎さんに連絡します。勿論、連絡した日時が都合の悪いときは日時を変更することになります。連絡先は青木さんが弁護士会で作成した書類に記載している、青木さんの携帯電話の番号でよいのですね」

と、公正証書遺言書を作成する手続きや日時を説明するとともに、三郎に対する連絡方法を確認した。

長瀬弁護士は三郎との会話の中で、養子の昭雄に対して公正証書遺言書を作成する理由等を聞いたので、三郎は昭雄が養子になってから日も浅くそのうえ昭雄はまだ小学生であり、私（次郎）に万一のことがあったときのことを考えて公正証書遺言書を作成することにしたと説明すると、長瀬弁護士も納得したようであった。

三郎は長瀬弁護士の事務所から帰宅した後、長瀬弁護士から指示された賃貸ビルの登記簿謄本、兄青木次郎の戸籍謄本や住民票を法務局や市役所、区役所で交付を受けて、これらの書類を長瀬弁護士の事務所に届けた。

数日して長瀬弁護士の事務所から、公証役場で公正証書遺言書を作成する日時の連絡が電話であり、公証役場に来るときには実印と印鑑証明書を持参するようにとの確認もあった。

三郎は昭雄の将来のことや兄の次郎の病気のこと等が気になっていたとき、友人から公正証書遺言書の作成の方法等を聞いたことを思い出し、たまたま、兄次郎から預かった実印と印鑑証明書が三郎の手元にあるという事実が重なり、兄次郎名義の公正証書遺言書を作成することは昭雄のためになり、兄の次郎の意向に添うものでもあると自身を納得させて、兄次郎名義の公正証書遺言書を作成するという手続きを進めてきた。

しかし、三郎は兄次郎名義の公正証書遺言書を作成することについては、絶えず心の中で葛藤があった。「兄の次郎名義の公正証書遺言書を作成することを止めるなら今である。いま止めれば問題は何も起こらないし残らない、止めるとすれば今しかない」

三郎の気持ちは動揺していたが、昭雄の将来の不安を考えると兄次郎名義の公正証書遺言書の作成は必要と思われること、公正証書遺言書の内容は兄次郎の意向に添うたものであること、兄が早く死亡したときの昭雄の立場を考えると、兄名義の公正証書遺言書の作成を断念することはできなかった。

長瀬弁護士から連絡のあった公証役場で公正証書遺言書を作成する日になると、三郎は腹を決めて公証役場へ行った。

公証役場へ行くと長瀬弁護士は勿論、長瀬弁護士が準備してくれた証人二人も既に来ており、三郎は長瀬弁護士や二人の証人に対して簡単なお礼を述べた。

長瀬弁護士は三郎や証人らを同行して青木次郎の公正証書遺言書の作成を担当する公証人の席へ行き三郎らを公証人に紹介した。

担当する公証人に対しては、長瀬弁護士から予め公正証書遺言書の内容等を連絡していた由で、公証人は三郎に対して青木次郎本人であることを確認したうえで、公証人が作成した公正証書遺言書の内容を、三郎や証人らに対して読み聞かせた。

公正証書遺言書の記載の内容は三郎が長瀬弁護士に依頼した通りの内容で、「青木次郎所有の賃貸ビルについて、不動産の所在地、家屋番号、建物の構造、床面積等を不動産登記簿に記載されている通り、正確に記載したうえで、本件賃貸ビルを昭雄に相続させる」旨記載されていた。

公証人は公正証書遺言書の内容を三郎や証人に読み聞かせた後で、三郎や証人に対して公正証書遺言書の指定の場所に署名するように求めたので、三郎は指定の場所に青木次郎と署名した。更に公証人は三郎や証人らから実印と印鑑証明書を預かり、それぞれ所定の場所に実印を押印するとともに、預かった印鑑証明書と各実印を対照して確認した。

公証人は作成された公正証書遺言書の正本と謄本各一通を長瀬弁護士に交付した。三郎は公証人に費用を支払った後で、長瀬弁護士から公正証書遺言書の正本を受け取ったが、三郎や証人らが署名した公正証書遺言書の原本ではなかった。

三郎は長瀬弁護士や証人らにお礼を言って公証役場を出てその足で、兄次郎の家へ立ち寄り在宅していた次郎に、

「少し遅くなったが預かっていた実印を返還に来ました。どうもありがとう。おかげで国民金融公庫からの融資の手続きはすべて終わりました」

と礼を言って実印を手渡した。

次郎は、

「役に立ってよかった、これからも必要なときはいつでも言ってくれ」

と何のこだわりもなく実印を受け取った。

次郎は、実印や印鑑証明書を、三郎が国民金融公庫からの融資を受けるために使ったと思っており、まさか兄次郎名義の公正証書遺言書を作成したとは、予想もしていなかったと思うと三郎は全身から冷や汗が出てきた。

三郎は次郎に対して心の中で、

「兄さんの善意を裏切って兄さん名義の公正証書遺言書を作成したことについては、どのような言い訳をしても兄さんは納得しないし許さないと思っている。兄さんを裏切って作成した公正証書遺言書については、兄さんの意志に反するような使用は絶対にしないことを約束する。昭雄の将来のために必要なときに使うようにする」

ことを強く誓った。

公正証書遺言書を三郎が作成したのは、兄の次郎と昭雄の養子縁組の届けを出してから約一年後であった。三郎は公正証書遺言書を作成したものの保管などをどうするか迷ったが、当分銀行の貸金庫で保管することにした。

三郎は、次郎が早い時期に亡くなった場合は別にして、昭雄が高校生になり大人としてのある程度の判断ができる頃になったときに、公正証書遺言書を昭雄に渡す必要があると判断した場合には、昭雄にこのことを話して公正証書遺言書を昭雄に預けようと考えていた。

その場合にも公正証書遺言書は兄の次郎が作成したものであり、三郎は兄の次郎から適当な時期に昭雄に渡すように頼まれていたとして、これを昭雄に渡す考えであった。

5

昭雄が実父三郎から公正証書遺言書の話を聞いてからほぼ一年後、昭雄は大学に進学することになっていたが、昭雄が志望する大学の学部と養父母が希望する大学の学部とがくい違って、昭雄が進学する大学がなかなか決まらないという状態になっていた。

養父母は昭雄に養父次郎の経営する会社の事業を承継するためにも、大学の経済学部か経営学部または商学部への入学を強く希望したが、昭雄は商売や経済活動にはあまり興味がなく向いていないという思いがあり、

「我儘かもしれないが僕は商売の才能はあまりないのではないかと思っている、僕は医者になって病気で苦しんでいる人を助けたいので医学部に行きたい」

と自分の考えをはっきり養父母に伝えた。

養父の次郎は昭雄の大学進学について、三郎にも何回か会って相談などを繰り返し、三郎も昭雄に会って昭雄の気持ちを確認する等した結果、次郎の事業も競争が激しく規模を大きく拡大しない以上将来性があるとは言えないという事情もあって、兄の次郎は昭雄の意向を尊重して昭雄が医学部に進学することを認めることになった。次郎の妻幸恵は昭雄の医学部進学については納得できないという感じであった。

昭雄は幸い関西では最も難関とされる京阪大学医学部に合格した。

大学は自宅から通学できない距離ではなかったが、勉強に集中できるようにとの配慮から昭雄は京阪市内で下宿生活をすることになった。昭雄は大学に進学してからも月に一回は養家に帰郷して養父母に会うようにしていた。

また、昭雄は養父の次郎とは京阪市内の神社、仏閣を一緒に参詣したりするなど、養父とは実の親子以上に意思疎通を欠かさないように心掛けて実行していた。

昭雄は次郎夫婦の養子になってからも年に二、三回は実父母の家に行くなどして、実父母の三郎や敏子と会い昭雄の近況や養父母との生活の状況を知らせていた。昭雄は実家へ行ったときには実父母や兄弟に会って、昭雄が養子に行く前と変わらない会話等をして過ごすことを楽しみにしていた。この状況は昭雄が京阪大学に行ってからもあまり変わらなかった。

京阪大学に入学した昭雄は初めのころは慣れない下宿生活等で、いろいろと戸惑うことが多かったがだんだんに慣れてくると、親しい友人も何人かできたうえ医学部での成績も上位を維持しており、学生生活を大いに楽しんでいた。

しかし、昭雄が大学二年のとき昭雄は予想もしない大切な人を亡くすことになった。

昭雄は例年通り久し振りに実家に行き実父の三郎にあったとき、昭雄は三郎が少し痩せたのではないかと思ったが、三郎はいつものように昭雄に対して明るく優しい態度であり、元気で仕事をしているということであったので、昭雄も実父の身体の異常については全く気が付かなかったものである。勿論、実父三郎と一緒に生活をしていた実母の敏子をはじめ家族の者も三郎の身体の異変について、少しおかしいのではないかと思ったので病院で診察を受けたらと言っていたということであるが、三郎が風邪をひいてなかなか治らないということで、大学病院において精密検査を受けた結果、「悪性の肺がんで相当進行していて手術は困難であり、放射線治療と抗がん剤等の化学療法を併用した治療を行う」ことになり、三郎は大学病院へ入院して治療することになった。

昭雄は実父三郎が入院する大学病院には何回か見舞いに行った。実父の三郎は昭雄が見舞いに行くと外見は元気に振る舞っていたが、見舞いに行く度に三郎の身体がだんだん小さくなっていく感じがして、昭雄はその姿を見るたびに何とも言えない切なさと哀しさを感じた。

昭雄が実父三郎を病院に何回か見舞った際、病室に誰もいないことを確認して三郎は昭雄に、

「昭雄、高校生のときに喫茶店で渡した公正証書遺言書のことは覚えているね、私が亡くなったときには喫茶店で話した通り昭雄に預けている鍵等を使用して、銀行の貸金庫から公正証書遺言書を取り出して昭雄が確実に保管するようにしてくれ、そして次郎兄さんが亡くなったときには喫茶店で話した通り司法書士に頼んで登記の手続きをしてくれ、公正証書遺言書のことについては次郎兄さんが亡くなって登記の手続きが終了するまでは誰にも話さないようにして、公正証書遺言書の登記については、信用できる司法書士に頼むようにしてくれ」

と、だんだん衰弱した身体から声を振り絞るように出して話した。

昭雄は、

「僕が高校生のときお父さんから喫茶店で聞いた話はよく覚えている、大学の友人には法学部のやつもいるし親しい友人のお父さんが司法書士をしている、お父さんが銀行の貸金庫で大切に保管していた書類のことだから、必要なときにはこれらの人の意見も聞いて慎重に対応することにしている、お父さんは公正

証書遺言書のことについては何も心配しないで、身体を大切にして少しでも長生きするようにしてください」

と言って病室を出た。

昭雄が病室で三郎と公正証書遺言書のことを話してから一カ月余り経った頃、昭雄は実父三郎の訃報を聞くことになった。三郎の肺がんが見つかってから僅か一年足らずの寿命であった。

三郎、享年五十八歳であった。

実父三郎が亡くなって葬儀等も無事終わった後で、昭雄は自分が十歳のとき実父の三郎から、

「次郎おじさんの子供にならないか」

と聞かれたときの複雑な気持ちを思い出していた。

「どうして三人の子供の中で僕を次郎おじさんの養子にするのだろう、確かに次郎おじさんには僕が一番可愛がってもらっていたことは間違いないが、そのことが次郎おじさんの養子になることの理由なのか、次郎おじさんは日頃から子供がいなくて寂しいということをよく言っていたので、次郎おじさんは本当に子供が欲しいと思って僕を選んだのか」

昭雄自身がいろいろと悩んだうえ母の敏子に相談したことを思い出していた。

実父三郎が昭雄のことを最も大切に考えながら、次郎おじさんの気持ちも考えて昭雄を次郎おじさんの養子にしたことについては、昭雄が次郎おじさんの養子になってからの実父三郎の昭雄に対する対応を見れば明らかであった。

昭雄は次郎おじさんの養子になったことを、後悔したりしたことは全くなかった。かえって、養父母と

時間が経つにつれ実の親子と同じような楽しい生活が送れたことを感謝していた。

不幸な出来事は重なるとも言われているが、実父の三郎を病気で亡くして半年も経たないうちに、昭雄は養父の次郎を交通事故で亡くすことになった。

次郎が渋滞していた高速道路で乗用車を運転中、後ろから進行してきた居眠り運転のトラックに追突されて、運転していた乗用車が押しつぶされるように損壊し、死亡するという悲運な交通事故が起きたのである。

昭雄をはじめ養母幸恵、養父次郎の兄弟らの驚きと悲しみは言葉では表せないものがあった。特に大きなショックを受けたのは、実父三郎と養父次郎を半年も経たない間に亡くした昭雄であった。

昭雄にとっては実父三郎も養父次郎も父であるとともに、父という存在を超えた一人の人間として尊敬する存在であり、私生活の面でも昭雄の人格形成の面でも大きな影響を与えた存在であった。

養父の次郎は享年六十一歳、昭雄は二十歳になっていた。

6

半年も経たない間に実父三郎と養父次郎という、かけがえのない二人を亡くした昭雄は呆然自失の状態であり、喪主として行った養父次郎の葬儀についても、葬儀社の担当者の指示通り身体を動かしただけで、昭雄の心の中は空洞に近くどのような気持ちで何をしたのかほとんど記憶に残っていなかった。

昭雄は養父次郎の葬儀や一連の行事を終えると学生生活に戻った。

学生として大学で勉強をしていると、実父三郎、養父次郎を短期間に続けて亡くしたショックからだんだんに立ち直り、落ち着きを取り戻していた。

大学では教授や友人の中には昭雄の気持ちを理解して、それとなく励ましたり気分転換になるようなことを配慮してくれたりする人たちもいた。

昭雄自身も医学部に進学した動機が、医者になり社会のために役立ちたいという気持ちを強く持っていたことだったので、医学部で勉強に集中することが昭雄の気分転換に大きな影響を与えていた。

昭雄は実父三郎、養父次郎と続いた二人の死亡のショックからようやく立ち直ると、二人からこれまでに受けた深い愛情に応えるためにも、昭雄自身がしっかりとした人生の目標を持って生きていかなければならないと改めて自覚した。

実父三郎や養父次郎が生前行っていた事業の承継も、空白を許さないものとして関係者によって徐々に進行していた。

実父三郎が生前営んでいた酒販店「有限会社楠酒店」の経営については、亡三郎の妻敏子がとりあえず承継することになったが、将来は三郎の長男英雄が「有限会社楠酒店」の経営を承継することについて、敏子を含め他の兄弟も暗黙の合意が存在していた。

養父次郎の営んでいた雑貨等の輸入、販売を目的とした「有限会社楠商店」については、亡次郎の妻幸恵が当然のこととして日常の業務を承継していた。

亡養父次郎の四十九日の法要に昭雄が出席した際に養母の幸恵は昭雄に対して、

「昭雄は私たち夫婦の子として大切に育ててきました。これからも同じ気持ちです。昭雄ちゃんが大学を卒業するまでは今までと同じように生活費や学費を送ります。昭雄ちゃんが大学を卒業したときにはとりあえず三千万円を渡すことにしています。これらのことについては生前主人と相談していたことです」

と言った。昭雄は突然の話でこれまで考えたこともなかったことでもあり、

「わかりました、よろしくお願いします」

と頭を下げた。

亡養父次郎の四十九日の法要も終わりほっとしたとき、昭雄は実父の三郎から高校生のとき預かった公正証書遺言書のことを思い出していた。

公正証書遺言書のことについては、実父三郎の入院中にも病院で実父三郎から重ねて頼まれていたものであるが、三郎の死亡後半年も経たない間に、養父次郎が交通事故により死亡するという予想できない出来事もあって、このことについて昭雄は、気になりながらも少し落ち着いてから対応しようと考えていた。ある日、昭雄は亡実父三郎から預かった鍵や暗証番号を利用して銀行の貸金庫から公正証書遺言書を受け取ることにした。

ただ昭雄は、亡実父の三郎からは公正証書遺言書で登記をするようにということは聞いていたが、公正証書遺言書に何が記載されているのかについては全く説明を受けていなかったので、この内容について全く見当がつかなかった。

昭雄は亡実父三郎が公正証書遺言書を保管していた銀行の支店に行き、三郎から預かっていた貸金庫の鍵等を使用して貸金庫を開け、保管されていた公正証書遺言書を取り出して自宅に持ち帰った。

昭雄が下宿に持ち帰った公正証書遺言書は封筒に入っていたが封はされていなかったので、すぐに内容

を確認することもできたが、昭雄は内容をすぐに確認することを躊躇した。昭雄は公正証書遺言書という書類を見るのは初めてであったが、そこには何か重要なことが記載されているのではないかという気持ちがして、自分一人で内容を確認するのはいけないのではないかと思った。

幸い昭雄には青野という高校以来の友人がおり、青野のお父さんは司法書士をしているということなので、青野に連絡をして公正証書遺言書のことを相談すると青野は、

「司法書士をしている父の意見として、父も一緒に立ち会うのでその場で開封して内容を確認した方が良い、明日の午後三時頃であれば父の事務所に来てもらえれば相談にも応じられると言っている」

と言った。青野のお父さんの意向に従って昭雄は青野司法書士事務所に行くことにした。

昭雄は翌日、約束の時間より少し早めに公正証書遺言書を持参して青野司法書士事務所を訪れた。

青野司法書士事務所では、友人の青野と青野の父である司法書士の青野正一先生が昭雄の来所を待っていてくれた。簡単な挨拶を済ませた後で、昭雄は亡実父三郎から公正証書遺言書を預かった経緯などを説明しかけたが青野先生は、

「昭雄さんがお父さんから公正証書遺言書を預かった事情については、息子からある程度聞いています。必要なときは後でお聞きしますので、とりあえず持参された公正証書遺言書を見せてください」

と言った。昭雄から受け取った公正証書遺言書を青野先生は最初から最後まで丁寧に確認した後で、

「この公正証書遺言書は青木次郎さんが作成した公正証書遺言書で、内容も形式もまったく問題ありませんね。公正証書遺言書には、阪神市中央区に存在する青木次郎さん所有の貸ビルの土地と建物を、青木昭雄さんに相続させると記載されています。従って、この公正証書遺言書に記載されている通りの相続登記

ができます、昭雄さんがお父さんから公正証書遺言書を預かった経緯からも、この公正証書遺言書に基づいて相続登記をするべきであると思います」

と公正証書遺言書について淡々と説明した後で先生は意見を述べた。

昭雄は青野先生に対して、

「公正証書遺言書の内容や相続登記についての説明はよくわかりました。ただ、私はこの公正証書遺言書を、作成した亡養父の青木次郎からではなく、弟である亡実父の青木三郎から預かっております。亡養父の次郎と亡実父の三郎は兄弟で二人とも亡くなっていますが生前は大変仲の良い兄弟でした。しかし、亡実父三郎からは公正証書遺言書を亡養父次郎が作成したものである等の説明は全く受けていませんでした」

と率直な疑問を尋ねた。

青野先生は、

「青木次郎さんの作成した公正証書遺言書を、何故青木三郎さんが保管していたのかについては、お二人が既に亡くなっておられる以上今となってはわかりませんが、昭雄さんから今お聞きした青木次郎さんと青木三郎さんとの関係からも、次郎さんの作成した公正証書遺言書を事情があって、三郎さんが預かっていたということは十分あり得ることだと思います。公正証書遺言書は本人が実印と印鑑証明書を持参して、公証役場へ出頭しなければ作成できませんので、この公正証書遺言書を作成したのは青木次郎さんであることは間違いありません」

と断定的に説明された。

昭雄は青野先生から公正証書遺言書の内容の説明を受けるまで、この内容は全く知らなかったが、記載された内容についても、公正証書遺言書を亡養父の次郎が作成して亡実父の三郎に預けたということについても、亡養父の生前の昭雄に対する言動から納得できたし、また、亡養父が亡実父に公正証書遺言書を預けたことも、あり得ることであると納得した。

公正証書遺言書を亡養父の次郎が作成したのは、公正証書遺言書によると昭雄がまだ小学生のときであり、昭雄が養子になってから一年ぐらいしか経っていない時期で、次郎と三郎が話し合って昭雄のために、次郎が公正証書遺言書を作成したうえで、三郎に公正証書遺言書の保管を依頼したのではないかと昭雄は考えた。

昭雄が公正証書遺言書の内容を青野先生から聞いて驚いたのは、亡養父次郎の遺産の中で最も財産価値の大きいと思われる阪神市内の中心近くにある賃貸ビルを、昭雄に相続させるという内容であった。

確かに亡養父の次郎は生前昭雄と旅行した際等に昭雄に対して、

「市の中心近くに存在する私の賃貸ビルは、できるだけ早く昭雄にやりたいと思っている」

という趣旨のことを何回か繰り返して言っており、公正証書遺言書の内容も亡養父次郎の意志によって書かれているのだなと昭雄は思った。

青野先生から公正証書遺言書の内容を聞いたとき昭雄は、亡養父次郎の四十九日の法要の際に養母の幸恵から聞いた亡養父次郎の意向との違いを考えていた。幸恵は亡養父次郎の意向であるとして、

「昭雄が大学を卒業するまではこれまで通り学費や生活費の面倒を見る、昭雄が大学を卒業した際には亡養父次郎の遺産から三千万円を渡します」

と言っていたもので、昭雄は率直に養母の幸恵から聞いた話を青野先生に説明した。

青野先生は、

「昭雄さんが話したような事実は、相続の場合には比較的よくあります。立場の違う人からそれぞれの根拠に基づいて異なる主張が出てきて、亡くなった人の財産について紛争が起きることがよくあります。これらの紛争を予防する目的で、遺言という制度ができたのです。亡くなった人の死後の財産上の処分については、遺言書の記載に最も法的な効力が認められています。しかも、公正証書遺言書は遺言書の中でも最も信用できるとされています。遺言書が二通以上存在する場合については新しい日付のものが有効ですので、この公正証書遺言書を作成した日の後で作成された遺言書があれば、その遺言書の方が有効になります。しかし、昭雄さんが先程話された青木次郎さんの妻幸恵さんの話の内容では、新しい遺言書は作成されていなかったものと思われます、もし、遺言書があれば遺言書を見せて説明するのが普通と思われます」

と昭雄にも十分理解できる説得力のある内容で説明された。

そして青野先生は昭雄に対して、

「この公正証書遺言書で相続登記すべきだと思います」

と司法書士としての判断をはっきり話された。

更に、青野先生は公正証書遺言書で相続登記をする際には固定資産評価額の千分の四に相当する登録税等、本件の相続登記には相当の費用が必要になりますが費用の準備はできますかと尋ねられたので昭雄は、

「亡実父三郎から公正証書遺言書を銀行の貸金庫で保管しているという話を聞いた際、貸金庫の鍵等と一緒に郵便貯金の通帳と印鑑を預かっています。亡実父三郎は公正証書遺言書で相続登記をする際にはお金

が必要になる、そのときに使うようにと言って通帳と印鑑を私に預けました。郵便貯金通帳には預かった際には約五百万円の貯金がありました」

と答えた。青野先生は、

「お父さんの三郎さんはそこまで考えて昭雄さんに公正証書遺言書を渡したのですね、三郎さんの意志を尊重するためにもこの公正証書遺言書で相続登記すべきだと思います。昭雄さんに異論がなければ私の方で相続登記をするために必要な戸籍謄本等の書類を取り寄せて準備します。ただ、昭雄さんも当然気付いておられると思いますが、この公正証書遺言書で相続登記をすれば場合によっては、養母であるお母さんとは感情的な問題が出てくるかもしれませんね」

と言った。

昭雄も公正証書遺言書によって登記した場合、養母幸恵の気持ちに反することになり養母幸恵とは、気まずい関係になるのではないかということは理解できたが、それ以上の状況を完全に理解することはできなかった。昭雄としては亡実父三郎や亡養父次郎の意向を尊重して青野司法書士に依頼して、公正証書遺言書で相続登記をすることが、実父や養父の気持ちに応えることになると思い公正証書遺言書で相続登記をすることにした。

公正証書遺言書で相続登記をすれば青野先生が説明された通り、養母の幸恵との間で感情的なものを含めて相当難しい問題が起きるのではないかという懸念を昭雄は否定できなかったが、昭雄が養父次郎の意向であることを説明して、養母幸恵の理解を得られるように努力すれば養母もきっと納得してくれるものと期待することにした。

養母の幸恵は昭雄が十歳のときから実の母のように、昭雄を大切に育ててくれたことを昭雄は本当に感謝していた。できればこのような問題は起きてほしくなかったというのが昭雄の率直な気持ちであった。

しかし、昭雄はこの公正証書遺言書は亡養父次郎と亡実父三郎が、話し合って作成したものであり二人の深い思いやりを無視することは到底できないと考えていた。

昭雄は青野先生に公正証書遺言書のコピーを作成してもらい、相続登記をする前に養母の幸恵に亡養父次郎が作成した公正証書遺言書で、相続登記をすることを説明しようと思っていたが、仮に、養母の幸恵が反対しても、昭雄は亡養父次郎の公正証書遺言書で相続登記する気持ちは変えられないと思っていた。

青野先生の話では、公正証書遺言書に記載されている賃貸ビルについては管理会社が存在しており、賃貸ビルの収入から管理費用等を差し引いても相当の利益が残ると考えられるということである。

昭雄としては養母の幸恵に公正証書遺言書で相続登記をすることを報告する際には、

「公正証書遺言書で相続登記をして賃貸ビルが昭雄の名義になった後も、養母の幸恵が健康な間は賃貸ビルからの利益は幸恵の管理に委ねたいと思っていること、昭雄としては生活費などについてもこれまで通りを頂ければよいと思っていること、また、昭雄としては亡養父次郎、亡実父三郎の気持ちを大切にして公正証書遺言書で相続登記をすることにしたが、母としての養母幸恵に対する愛情や感謝の気持ちはこれまでと全く変わらないし、昭雄としては養母幸恵とはこれまでと同じような親子関係の継続を望んでいること」

を誠心誠意伝えたいと思っていた。

地検特別執行班

1

政令指定都市の阪神市にある阪神地方検察庁に設置された「特別執行班」は、逃亡した被告人の所在を捜査し被告人の身柄を確保して、中断している被告事件の裁判を再開し、終局裁判を得るために設置された。

昭和三十五年頃には、戦中、戦後の混乱期に発生した多くの刑事事件の中で、身柄拘束で裁判所に起訴された後保釈や勾留執行停止で釈放された被告人が、保釈や勾留執行停止の条件に違反して裁判期日等に出頭せず行方不明になり逃走したため、裁判が中断している被告事件が相当多く存在していた。

逃走中の被告人については、逃走中に更に別の事件を起こして逮捕されて、警察庁に対する指紋照会等で逃走中の被告人であることが判明し、別件と併合して裁判所で審理され、一括して被告人に対する判決が言い渡されて逃走中の被告事件も終結することもあるが、逃走中の被告人に対する被告事件の多くは裁判の進行が中断したままとなっていた。

裁判が提起された後、被告人の利益のため認められた、保釈や勾留執行停止の制度を悪用した被告人について、裁判の進行を中断したままの状態を放置することは、裁判の権威を失墜させるとともに逃げ得を許すことにもなり、法治国家として許されないと考えた地検のトップである検事正の意向で「特別執行班」は設置された。

「特別執行班」は地検の総務部長の指揮の下に五名の検察事務官が所属しており、その五名の中に楠木恒幸検察事務官がいた。楠木検察事務官は二十代半ばで「特別執行班」では最も若く正義感と反骨精神を持った青年であり、「特別執行班」の捜査においても直感力の鋭い判断で特別の結果を出していた。

保釈や勾留執行停止で釈放された後裁判期日などに出頭せず、行方不明になった被告人について検察庁はこれまでにも、担当の検察事務官が戸籍や住民登録等で捜査を継続するとともに、逃亡被告人が居住したり立ち寄ったりする可能性のある場所等については管轄の検察庁に対して、被告人の所在の捜査及び被告人を発見した場合には被告人の身柄を収監するための捜査嘱託の手続きを取っていた。

また、阪神地検の管内の警察に対しては逃亡被告人の立ち回り等の可能性が考えられる場所の捜査及び身柄の収監を、親族が居住している管轄の警察署に対しては、被告人の所在捜査や被告人を発見した場合の身柄の収監を文書で依頼してきた。

しかし、検察庁からの逃亡被告人の所在捜査の依頼に対する管内の警察の対応は緩慢で、特に直接これらの依頼を担当する現場の警察官の感情は複雑で、せっかく警察官が苦労して被告人を逮捕して証拠を収集し裁判を提起するための努力をしてきたのに、現場を理解しない裁判所の判断で保釈や勾留執行停止をした結果、被告人が逃走したのではないかという気持ちもあって、逃亡被告人の所在捜査にはあまり力が入らないというのが実情であった。

また、捜査の緊急性や社会における評価も、警察が通常扱う日常の事件に比較すると、逃亡被告人の捜査は緊急性等が少ないと感じていることや、日々発生する事件に対応すべき警察としての役割もあり、逃走中の被告人の身柄を収監するという比較的地味でマスコミにもあまり評価されない捜査については、警察官の熱意や努力を期待することは困難であった。

検察庁としてこれまでの逃亡被告人に対する捜査をより積極的に行うことを目的にして、阪神地検に「特別執行班」は設置された。

検察事務官は国家公務員として刑事訴訟法により捜査や逮捕の権限等を警察官と同じように与えられているが、警察官のように武術や逮捕術等の訓練は全く行っていないし、これらを担当する人員も限られていたので、検察事務官が「特別執行班」の職務を行うに当たっては、これらの違いを前提とした工夫と努力が求められた。実際に逃走中の被告人を収監するためには、机上の文書による捜査のみでなく内偵や張り込み等も必要であった。

更に、逃走中の被告人を発見した場合には、逃走しようとする被告人を実力をもって逮捕しなければならない場合もあり、突然の逮捕に対して必死で逃走しようとする被告人は相当強い抵抗をすることもあり、三、四人の検察事務官が協力してやっと被告人の抵抗を排除して逮捕したことも何回かあった。

必死で逮捕を逃れようとする人間の動物的な本能とも言うべきものは、想像以上のものであり警察官が凶悪な犯人を逮捕する場合の危険や苦労を理解することにもなった。

「特別執行班」では勾留執行停止期間の満了、これ等の取消による身柄の収監以外にも、不拘束で起訴された被告人の勾引状の執行や、民事刑事事件の証人に対する勾引状の執行等の役割もあった。

楠木検察事務官は阪神地検の「特別執行班」で捜査、収監の必要な逃亡被告人の中で、被告人の特定のための資料である戸籍謄本や写真、指紋等が保管されている三十余名の被告人及び最近二、三年以内に逃亡被告人となった者について重点的に捜査をすることにした。

2

楠木検察事務官が重点的に捜査をすることにした逃亡被告人の中に、強盗罪で起訴された後、逃亡被告人となった藤井長一の記録があった。

「敗戦の混乱が続いていた昭和二十三年に阪神市内で発生した強盗事件で、市内の運送会社の金庫から現金約八十万円を強奪したとして、強盗罪で阪神地方裁判所に起訴された藤井長一は、第一回の公判期日後に保釈になり、保釈後の第二回公判期日には出頭したが、第三回公判期日以降の公判期日に出頭せず行方不明となったため裁判所が保釈を取り消した事件である」

楠木検察事務官が逃亡被告人藤井長一の「特別執行班」で保管している記録を詳しく検討すると、

被告人藤井長一は

生年月日は大正十年八月八日

本籍は鹿児島市

両親と長男夫婦が本籍地に居住している。

妹が鹿児島市内で結婚して居住している。

戦争中食糧管理法違反等で実刑になり服役した事実がある。

等の事実が記載されており、また記録によれば阪神地方検察庁から鹿児島地方検察庁に対する約一年毎の藤井長一に対する捜査嘱託に対する鹿児島地方検察庁からの回答書には、

「藤井長一の両親や親族は長一が以前刑務所で服役したことがあるため、長一との接触や交渉を避けており長一が保釈後逃亡してから、長一が両親や親族の住んでいる鹿児島市に立ち寄ったり、連絡してきたりした事実は一切認められない。将来もその可能性は少ない等」

と、ほぼ同じ事実が記載されていた。

また藤井長一は、

「終戦直後に矢野久米子と結婚したが、長一が強盗事件で保釈されてから数カ月後に、久米子とは離婚している」

との事実が戸籍謄本に記載されていた。

楠木検察事務官は逃亡被告人藤井長一の従前の捜査記録を検討した結果、長一が保釈になって逃走してから十三年余り経過しており、これまでの捜査経過から長一が両親や兄弟の住んでいる鹿児島市に、立ち回ったりする可能性は少ないと判断したが、数少ない肉親であり交信等の可能性を否定することはできないと判断して、今後も継続して数年ごとに鹿児島市についても捜査を継続する必要があると考えていた。

藤井長一については終戦直後に結婚した矢野久米子と離婚した事実が戸籍に記載されている。このことについて楠木検察事務官は、当時の社会は偽装離婚ということは殆ど考えられていない社会であり、長一が強盗事件を起こして裁判になり裁判の経過から、長一が刑務所で相当長期間服役することが予想される状況になったため、久米子は長一と離婚したと考えるのが自然であると考えていた。

更に、矢野久米子は長一と離婚してから三年後に宮永慎一と結婚している事実が戸籍謄本上認められ、これらの事情を前提として矢野久米子は逃亡被告人藤井長一とは関係のない存在になったと判断した当時の担当検察事務官が、その後の矢野久米子に関して追跡捜査を行っていないことについて、楠木検察事務官は特に強い疑問はもたなかった。

しかし、楠木検察事務官は藤井長一が保釈後逃走した時期と、長一と久米子が離婚した時期がほぼ同じ時期であることに、何か引っかかるものを感じたので念のため矢野久米子（戸籍筆頭者宮永慎一）の戸籍謄本の取り寄せを請求するとともに、久米子の両親の住所地である熊本地方検察庁へ長一と久米子の所在捜査の嘱託をした。

本籍のある鹿児島市役所から宮永慎一の戸籍謄本の送付があり、慎一と久米子は結婚してから約二年後に離婚していること、久米子の本籍は藤井長一と結婚する前の熊本市に戻っている事実が判明した。

楠木検察事務官は、熊本市役所に矢野久米子の戸籍謄本と戸籍附票の取り寄せを依頼した。熊本市役所から送付のあった久米子の戸籍謄本には、久米子が宮永慎一と離婚して熊本市に復籍した事実以外には新しい事実は何も判明しなかったが、戸籍附票の記載によれば久米子の離婚後の住民登録地は、藤井長一と久米子が離婚した際の住所であるとともに、長一の裁判の際の保釈制限住所でもあった、

阪神市葺田区三丁目〇〇番地

となっていた。正確にいうと住民登録地は前記のとおりであったが、保釈制限住所は前記住民登録地に「楠アパート」の表示が加えられていた。

矢野久米子は宮永慎一と結婚した際住民登録地を、同じ市内の西区に変更したが宮永慎一と離婚した際、

住民登録地を前記のとおり保釈制限住所でもある前記葺田区の住所に変更していた。

楠木検察事務官は、久米子が宮永慎一と離婚した際、住民登録地を前記のとおり、藤井長一と関係のある住所に変更したことに何か釈然としないものを感じたので、久米子が同所に実際に居住した可能性は少ないと考えたが、楠木検察事務官としては前記久米子の住民登録地の変更の事実、経過を無視することはできないと考えて、阪神市葺田区三丁目○○番地所在の「楠アパート」について、久米子が宮永と離婚して以降現在までの間に、久米子や藤井長一が居住した事実の有無や、同人らの所在を捜査するための手掛かりになる事実等を発見するために内偵捜査することにした。

「楠アパート」については藤井長一が保釈中逃亡した直後に、当時の担当の検察事務官が所在や行く先などを捜査しているが、何らの手掛かりもなかった旨の報告書が保管されていた。

「楠アパート」について楠木検察事務官は再度長一等の所在を捜査することになったが、同アパートの所在する地域は戦争の空襲で焼け野原になった場所であり、戦後はバラックや木造の簡易なアパートが雑然と建てられ、不良外国人等も多く居住するところで内偵等困難なところであった。

ただ、楠木検察事務官は「特別執行班」で捜査を担当するようになって、この地域には他の逃亡被告人の捜査で何回か捜査に来たことがあり、管轄派出所の警察官や、酒店、米穀店そしてアパートの管理人等で顔見知りになった者も何人かいた。これらの人たちに藤井長一の写真を見せる等して、藤井長一や矢野久米子について聞き込み捜査をしたが全く成果はなかった。

藤井長一の写真が戦後の混乱期に撮影された不鮮明な写真であるうえ、撮影から十五年近く経っており、目の前に本人がいても、すぐに本人であることが確認できるかどうかという写真であったために、長一の捜査はより困難であった。

また、「楠アパート」の付近に住んでいる多くの住民は、外国人を含めて入れ替わりが激しく、五年あるいは十年も以前に居住していた人についての情報を得ることは極めて困難な状況であり、久米子、長一について「楠アパート」に居住した事実を含め何らの手掛かりを得ることはできなかった。

楠木検察事務官は藤井長一について所在を発見する手掛かりが全く得られなかったこともあって、同人の所在捜査を担当してから初めて、藤井長一の実家のある鹿児島市を管轄する鹿児島地方検察庁に対して、長一の所在捜査等の嘱託書を送付した。

熊本地方検察庁からは約一カ月前に捜査嘱託をしていた件について回答書が送付され、回答書に添付された矢野久米子の実家を管轄する駐在所の警察官の捜査報告書によれば、

「久米子の本籍地である実家には、久米子の両親と久米子の兄が結婚して生活しているが、久米子の実家は一町歩以上の田畑を所有するとともに山林も所有する農家であり、地元では両親は尊敬されている存在である。久米子は郷里の女学校を卒業して実家で生活している間には問題などは全く起こしていない。久米子が実家を出て行った理由は久米子の両親が決めた久米子の許婚の男性が、久米子はどうしても好きになれない、結婚できないということであったといわれている。久米子が長一と結婚したことも久米子の両親らは結婚後知ったものであるが、長一が刑務所で服役していたということを知り久米子の両親等は、久米子は両親を裏切る形で家を出たものであり、久米子が長一と離婚しない限り実家には出入りしないようにと久米子に伝えている。久米子や長一が久米子の実家を頼って連絡してくることは考えられない」

という趣旨の記載があった。

楠木検察事務官は久米子が戦争中にもかかわらず、女学校を卒業していることから久米子の実家は相当裕福な家庭であることを理解したが、親の決めた結婚の相手が気に入らないといって家を飛び出した久米子に一本気な性格を感じた。現在ならともかく古い価値観が支配していた戦争中、しかも前近代的で古い因習の存在する九州の田舎において、久米子のような思い切った行動を取ることは想像できないことであった。

熊本地方検察庁からの回答があってしばらくして、鹿児島地方検察庁から藤井長一の所在捜査嘱託に対する回答があった。回答書はやはり長一の実家を管轄する駐在所の警察官の報告書が添付されており、

「長一の本籍地には現在、長一の母親と長男の家族が住んでいる、長一の父はすでに亡くなっており長一が母親のところに立ち寄ったりした事実は全く認められない。長一の母親の話では刑務所から出所した際、一度連絡があったきりで、その後は全然電話もないということである。長一には、一人妹がおり結婚して鹿児島市内に住んでいるが、長一は妹が誰と結婚して何処に住んでいるのかも知らないし妹にも連絡などは一切ないということである」

とのことで、長一の所在発見に手掛かりになるような事実は全く記載されていなかった。

楠木検察事務官は、藤井長一の所在等を発見する方法として、長一及び久米子の実家や親族に対する捜査はあまり効果的なものではないことを感じたが、今後も定期的に継続して捜査をする考えであった。

3

藤井長一は鹿児島市内の高等小学校を卒業して、大阪市内にあった中堅の土建業（薩摩組）に就職した。しかし、当時は太平洋戦争が始まる直前であり、贅沢全廃運動が都市部を中心に全国的に行われており、田舎では贅沢と言えなくても比較的のんびりとした日常生活をしてきた長一にとっては、何かと不自由な生活を強いられた。日常生活するうえで必要な物資も不足していたが、住むところは会社の寮があり日々の生活を心配する必要はなかった。

当時の社会の状況は、

「満州事変から支那事変と軍部の専横による軍事拡大路線は誰も阻止できない状態になっており、社会においても昭和十四年における長者番付の一位は軍需産業のための屑鉄業者が占めていた。軍需産業優先の影響は百貨店業界にも及び、高島屋百貨店では昭和十五年に貴金属売り場から、金製品一切を撤収させられたということであり、日本の社会は戦争に向かって邁進していた」

藤井長一は「薩摩組」の従業員として土木建築業の仕事に従事していたが、「薩摩組」の親方は鹿児島の出身であり、従業員の多くも鹿児島出身の人間であったので、訛りの強い薩摩弁の問題でも長一はあまり苦労をしないで生活していた。

「薩摩組」では新人であっても入社当初から一人前の仕事をすることが当然とされていた。「薩摩組」の仕事は肉体労働が中心であったが、長一の身体は大人並みであり田舎でも肉体労働にも従事していたので、

「薩摩組」での肉体労働の仕事に従事することは特に負担ではなかった。

「薩摩組」の従業員として長一がいちばん戸惑ったのは、酒を飲む機会が多くしかもその飲む量も多かったことである。酒を飲むことになれない長一は飲むたびに悪酔いして二日酔いが残り、飲んだ時のことを全く覚えていないことが度々あった。飲む酒は上等な酒ではなく殆ど焼酎か濁酒であった。

また、「薩摩組」の寮では休みの日に従業員を中心にサイコロ博打や花札博打を、先輩従業員を中心に行っており長一もこれらの博打に付き合わされることになった。長一は博打をやるのは勿論初めてであるが、博打の方法は単純であったので長一もつい調子に乗って博打をやり、先輩従業員らのカモにされて給料が殆ど無くなってしまうこともあった。

さらに、長一は「薩摩組」で働くようになって一年ぐらい経った頃、先輩に連れられて遊郭に行き初めて女を経験することになった。鹿児島から大阪市に来て数年の間に長一は、鹿児島での刺激の少ない生活から都会での刺激の強い生活を体験することになった。

その後日本は太平洋戦争に突入して、精神的にも、物質的にも規制と統制が厳しくなり、ますます不自由で暗い時代となっていた。特に、主食である米の不足は市民に大きな不安を与えていた。

このような状況のとき、長一は「薩摩組」を辞めることになった。「薩摩組」の仕事がだんだん少なくなり従業員の半分以上が辞めることになったものである。

長一は田舎に帰郷して働くことも考えたが、実家に帰っても既に兄が結婚して家を継いでおり長一の居場所はなかったし、田舎で仕事をさがすことは都会で仕事をさがすことより大変なことは長一自身十分わかっていた。

長一は仕事を見つけなければたちまち生活ができないという状態になっていたが、当時の社会は戦時下で規制が厳しく、学歴もコネもない長一がまともな仕事を見つけることは困難で、志願して軍隊に入る以外に働くところを見つけるのは絶望的という状況に長一は追い込まれていた。

このような状況の下で長一が働く場所を得たのは、阪神間と汽車等で結ばれた田舎との間を往復する「闇屋」と呼ばれる仕事であった。

「闇屋」の仕事は、都会で不足している米等の食料品を、田舎で仕入れて都会に運び闇値で売却して利益を得ることであるが、都会の比較的裕福な生活をしている人から、着物等の生活用品を預かって米等の食料品と交換して、双方から利益を得るというようなこともやっており、場合によってはぼろ儲けすることもあった。

しかし、「闇屋」の仕事は当時の社会の必要性から生まれたものであったが、非合法な商売であり厳しい統制経済の下では絶えず警察の検挙そして逮捕、高額な罰金という刑罰を覚悟しなければならなかった。このため「闇屋」の商売を継続するためには、如何に捕まらないで仕事をするかということが至上命令であり、「闇屋」仲間ではこのためにいろいろと情報を交換したりして、検挙を免れる工夫をしていたが決定的な方法はあり得なかった。

長一も「闇屋」の仕事を始めてから何回か検挙され罰金刑に処せられていた。罰金を取られても長一は「闇屋」の仕事を辞めるわけにはいかなかった。他に生活をする手段がなかったし、うまく行ったときには他のまともな商売では考えられないぼろ儲けをすることがあり、他に収入の道のない長一には「闇屋」の仕事を辞める決心はつかなかった。

「闇屋」の仕事は人から蔑まれながらも当時の社会では、闇成金という言葉が半ば羨望の意味をもって語られていたことも否定できない事実であった。

ちなみに少し時期はずれるが終戦直後の昭和二十二年度の高額所得者六十七人のうち、七人が「闇屋」成金による長者といわれる人であった。主食であるヤミ米の値段も東京商工会議所の調査によるとうなぎ登りで、昭和二十二年のヤミ米一升の値段は、一月—六十円、三月—八十円、六月—百二十円、十二月—百八十円と急激な上昇であり、戦時中もこの状態は続いていた。

長一は、「闇屋」の仕事については絶えず辞めたい、辞めて他に適当な仕事を見つけなければという気持ちを持ちながらも、実際には「闇屋」の仕事の内容はだんだんにエスカレートして大胆になっていっていた。船を利用してヤミ米を運ぶという大規模なものになり、長一はこのことが発覚して食糧管理法違反等で逮捕されたうえ、手段が悪質であると判断されて実刑に処せられた。終戦になる少し前長一は刑務所で服役することになった。

敗戦の翌年、長一は刑務所を出所した。刑務所を出て初めて見た阪神市の状況は、長一が「闇屋」をしていた約一年前よりいっそう荒廃しており、人の気持ちもより荒んだ雰囲気になっているように感じた。刑務所から出所したばかりの長一にとって、敗戦の混乱した社会の中で生きていくための選択肢はあまりにも少なかった。

敗戦で復員した多くの男性も働くところを求めており、経済は戦争で破綻し経済の復興はようやくこれからということで、街には傷痍軍人や浮浪者があふれているという状況であり、多くの人が食うために生きるために必死になっていた。

長一は長一なりに、何をして生活していったらよいのかいろいろと考えて努力したが、混乱した戦後の社会では学歴もなくコネも技術も資格もない長一の努力は徒労に終わり、まともな仕事を見つけることはできなかった。

とりあえず長一が生きていくために見つけた仕事は、刑務所に入る前の「闇屋」の仲間に頼んで仲間の下で働くことであった。危険やリスクは多いが長一に入る収入は長一自身がやる場合と比較して極めて少ないという仕事であった。

当時はアメリカ軍の占領下であったが、治安等も乱れており社会には強い者勝ち早い者勝ちという雰囲気があふれていた。

敗戦後の「闇屋」の現状は、戦前よりも暴力団関係者や朝鮮人等が幅を利かしており、長一は仕事がよりやりにくくなっていることを実感した。

ただ、長一には「闇屋」の仕事をするうえで一つだけ楽しいことができた。長一が仕事でヤミ米を売却している阪神市内の駅前の食堂があり、その「旭食堂」で働いている矢野久米子という女性の存在である。「旭食堂」は阪神市の有力な市会議員の関係する食堂ということで、一般には配給制度の制約があって食券などがないとコメの食事はできないことになっていたが、長一のように食券を持たないものでもコメの食事をすることができたうえ、ヤミ米も長一から継続して購入してくれる得意先であった。

「旭食堂」で働いている矢野久米子は社交的ではなかったが、食堂での仕事ぶりはテキパキとしているうえよく気の付く女性で、長一は初めてあったときから好感を持った。この長一の矢野久米子に対する好意は会う度にだんだん強くなっていった。食堂が比較的暇なときなどに長一が矢野久米子から少しずつ聞い

た話をまとめると、

「矢野久米子は熊本市の生まれで終戦の直前まで熊本の実家で両親等と一緒に生活していたが、その後大阪に来たということである。熊本市といっても市のはずれの田舎であり両親も農業をしている。大阪に来た当時は何もかも珍しく戸惑うことが多かったが今は少し慣れてきた。久米子は長一より五つ若く高等女学校を卒業して熊本で花嫁修業をしていたということであり、久米子の実家は一町歩を超える田畑を所有する農家で比較的恵まれた生活をしていた。久米子が熊本の実家を出た理由について、久米子には親が決めた許婚の男性がいたが久米子はその男性がどうしても好きになることができず、このままでは許婚の男と結婚しなければならないという追い込まれた状態になったので、仕方なく熊本の実家を出てきた。今働いている食堂は女学校の同級生で結婚して阪神市に住んでいる友達に紹介してもらった」

ということであった。

長一は久米子が同じ九州の生まれで気取ったところがなく、まだ知り合って間もない長一に実家を出て来た理由まで話してくれたことに、また久米子の真面目で一途な性格を見て、いっそう強い好感を持った。

久米子も長一が鹿児島の高等小学校を卒業して、阪神市へ来て「薩摩組」で働いていたが、「薩摩組」を辞めて「闇屋」をしていたこと、「闇屋」をしていたことで食糧管理法違反という罪を犯して、刑務所で服役していたこと等の話を長一から聞いて、田舎から出てきて頼る人もいない中で様々な苦労をしてきた長一について、久米子自身のこれまでの体験とも重ねて同情するとともに、刑務所で服役していたという事実まで久米子に率直に話したうえ、刑務所帰りという感じの全くしない、田舎の人らしい純朴な雰囲気を残している長一に好感を持った。

敗戦直後の社会の混乱し人の心も荒んでいる中で、互いに好感を持ち身近に頼る人もいなかった長一と久米子は、自然の成り行きとも言うべき状態で同棲することになった。

長一と久米子は同棲後しばらくして婚姻届を提出した。長一と久米子にとって同棲から結婚した数年の間が最も幸せな期間であった。食べ物も満足なものがなくあらゆるものが不足していたが、社会の多くの人がほぼ同じような状態であり二人はこのことに特に不満を持つことはなかった。

長一は「闇屋」の手伝いをして収入を得ていたが、長一の収入は妻の久米子の収入よりも少ないことが多く二人の収入を合わせても、インフレの激しい当時の社会では生活の余裕は全くなかった。長一は男として人並みの収入を得て久米子を幸せにしてやりたいという思いを強く持っていた。

長一には学歴もなく、さしたる技術もなかったので、「闇屋」の仕事をしながらも他に職を求めるため以前「薩摩組」で働いていた仲間や、鹿児島から阪神方面に来ている同郷の人などを介してできる限り努力したが、仕事を見つけることはできないばかりか、かえって惨めな思いをすることの方が多かった。

長一は刑務所で服役した過去はあるものの、食糧管理法違反という行政法規違反であり、行為そのものが反社会性のある刑事犯ではなかったが、社会は過去に服役したという事実のみで長一を判断した。今後はどのようなことがあっても二度と罪を犯し、久米子を悲しませることは絶対にしてはならないと長一は思った。

長一が求職のための活動と安定しない低収入の状態を何とかしたいと悩んでいるとき、街中で服役中刑務所の同房で数カ月間一緒に過ごしたことのある小倉という男に会った。小倉は背広を着て一見サラリーマン風の格好をしていたが、なんとなく胡散臭い感じもした。

小倉は、

「長一久しぶりやなあ、今何をしておるのか。近くで一杯やろう、わしがおごるから」

と、長一の返事を聞かないまま近くの食堂へ入っていった。長一は仕方なしに小倉の後について店に入ったが小倉と飲むのは気が進まなかった。小倉と長一が刑務所で同房だった時、小倉は刑務所暮らしが相当長かったようで長一を手下のようにこき使っていた。

小倉は長一が出所する際、

「シャバに出たら一緒に仕事をしよう」

と言っていたことを長一は思い出していた。

小倉が長一に対して一緒に仕事をしようと言った仕事がどのような仕事であるのかは、全くわからなかったが小倉のこれまでの経歴や当時の小倉の言動から、まともな仕事でないことは明らかであった。

小倉は食堂で長一に対してやけに愛想よく酒などを注ぎながら、

「長一、いい仕事があるのだが一緒に仕事をしないか、お前の生活費の五年分くらいは間違いなく儲かる、お前は自動車の運転だけをしてくれればよい。違法まがいのことや役人を抱き込んでぼろ儲けをしている運送会社を知っている、儲けた金は会社の金庫で保管しており、従業員の給料日や月末の会社の支払日の前日には少なくとも百万円を超える現金が会社の金庫に保管されている。運送会社は運送関係の従業員や事務の職員が帰宅した後は、会社の経理担当の職員と社長が残っていることが多い。会社の金庫の現金はわしが手に入れるのでお前は車の運転をしてわしの言うとおりにしてくれればよい」

と、声を小さくして、しかし、半ば命令口調で話した。長一は小倉の意図することは何となく理解した

が、

「もう少し具体的に話してもらわないと自分が何をするのかわからない」

と言った。しかし、小倉は、

「これ以上具体的なことは、長一がわしと一緒に仕事をすると約束しなければ話すわけにはいかない」

と答えた。長一は小倉に対して、

「今聞いた小倉さんの話は、二人で運送会社の金庫の現金を狙って強盗をするという話ではないか、自分は強盗をしてまでお金を稼ぎたいとは思わないのでこれ以上具体的な内容を聞く必要はないと思っている」

と話を打ち切るように求めた。

小倉はしばらくの間難しい顔をして長一を睨み付けるようにしていたが、突然話題を変えて、

「お前は今、何をして暮らしているのか、一人で暮らしているのか」

と尋ねた。長一は、

「闇屋の手伝いのようなことをして働いているが収入は少ない、結婚しており妻は食堂で働いている」

と、できるだけ簡単に答えた。

小倉は先程にもまして真剣な顔をして周囲を気にしながら一段と声を落として、

「先程の話だが運送会社の金庫には百万円以上の現金があることは間違いない、奪った現金はわしとお前とで山分けにする、お前は車の運転とわしの言うとおりに動けばよい、絶対に捕まらないよう証拠を残さないように考えている」

と長一に話しかけてきた。

小倉は長一が結婚したが収入が少ないという話を聞いて先程の話を蒸し返してきた。

昭和二十三年頃の公務員の平均給与は一カ月六千三百円であり、インフレによる、あらゆる物価の高騰と食料品などの不足は市民の生活にも大きな影響を与えていた。

敗戦直後の日本では、食べるため、生きていくために、犯罪を行ったという事件が毎日のように新聞に載っており、空襲で焼け野原になった場所には、住むところや働くところもない浮浪者や傷痍軍人等が多くたむろしていた。これらの人々の気持ちは荒んでおり何でもありという雰囲気が漂っていた。また、普通の市民でも何かのきっかけで犯罪に巻き込まれたりすることも珍しいことではない時代であった。

長一は小倉が、

「運送会社の金庫に保管している現金を奪う目的で、長一を利用して強盗しようとしていること」

をはっきり認識した。

長一も確かに喉から手が出るほどお金は欲しかった。しかし、長一は貧しいながらも楽しい家庭があり、強盗までしてお金が欲しいという気持ちには到底なれなかったし、妻の久米子も長一が強盗などをすればどのように悲しむか想像できなかった。

長一は小倉に対し、

「確かに自分は経済的には苦しい生活を続けている、何とかお金を稼ぎたいと毎日思っている、しかし、強盗までしてお金が欲しいとは思わないし、今はその日その日が無事に過ごせればよいと思っている」

と自分の気持ちを言ってその場を去ろうとした。

小倉は席を立とうとした長一の肩に手を置いて、
「わかった、無理に一緒にやろうと言っているわけではない。しかし、今の社会の状況ではお前もいつお金に困ってお前の方からわしに頼んでくることになるかもしれん、そのときはここへ連絡してくれ」と言って長一に小倉の連絡先をメモした紙切れを手渡した。

当時はヤミ米の急騰をはじめインフレによる諸物価の上昇、生活用品の不足等により一般市民の生活は、その日その日の生活が何とかできればよいという状態であった。

この頃には生活のために売春をするパンパンと呼ばれる女性が全国で約十五万人いたということであり、東京都だけでも住むところや家族のいない浮浪者と呼ばれる人が一万五千人いたということである。また、昭和二十二年には東京地方裁判所の山口判事が、違法なヤミ米を食べることを拒否して栄養失調で餓死したことが新聞などで大きく報道された。

敗戦後の大都会での市民の日常生活を具体的に理解することは難しく、戦後に生まれ育ちバブル経済を経験した人には、別世界の出来事としてのみ理解することが可能というべきであろう。

長一夫婦も敗戦後の荒んだ社会の中で何とかまともに生きようと努力していたが、長一は「闇屋」の常習犯として鉄道公安や警察に目をつけられており、仕事がやりにくいうえ高額な罰金を支払わなければならないこともあって、長一が家計に繰り入れられるお金は限られていた。

家計は主に妻の久米子の収入で賄われている状況の中で、妻の働いている食堂に問題が発生して食堂を廃業せざるを得なくなり久米子も職を失うことになった。長一夫婦は久米子のこれまでの蓄えでしばらくの間は生活することはできるが、インフレも続いており長一としては早急により多くて確実な収入を得る方法を考えなければならない状況に追い込まれていた。

長一は久米子と結婚できたことは長一の人生にとっては、最高の幸せであり何物にも代えられないものであると感謝していた。長一が服役していることを知りながらそのことに一切触れないばかりか、そのことにこだわった態度を一切見せたことがなく、長一の収入が少なく家計にお金を入れることがあまりできないことについても、愚痴などを一切言ったことがなくその配慮に長一は久米子の優しさと深い愛情を感じていた。

それだけに長一は久米子が失業して収入がないという状況に追い込まれている今こそ、家計に対する自らの責任を重く考えていた。

妻の久米子はその人柄や能力から働くところを見つけることはそんなに困難ではないかもしれないが、長一としてはこのようなときこそ夫として確実な収入のある仕事を見つけて久米子を安心させてやりたいと、いつも以上に努力して仕事を探したが結果はこれまでの繰り返しであった。

当時の社会の現状は終戦直後より悪くなったのではないかと思われるほどで、街には浮浪者があふれ栄養失調で死亡する者も後を絶たない状況で、長一は少しの収入を得るためにも「闇屋」の手伝いを続けるほかない状態であった。しかも長一は、今度食糧管理法違反で検挙されれば実刑になることが免れないという追い込まれた状況になっていた。

4

このような状況のときに小倉が長一の住んでいるアパートを訪れ、長一をアパートの外に呼び出して、

「前にあったとき話していた運送会社の件、気持ちは変わったか、手伝ってくれるのならやる日を決めるから」

と、長一の現在の追い込まれた状況を知っているのではないかと思われるタイミングで話しかけてきた。長一はその場ですぐに返事をしないで、

「考えておく」

とだけ答えた。

妻の久米子は幸い仕事が見つかったということで、数日前から働いており、長一らにとってはとりあえず日々の暮らしを心配する必要はなくなっていた。

当時の社会は真面目に働いて毎日の生活が何とかできるという多くの人と、違法まがいの取引や議員や役所とのコネを利用して桁違いの金儲けをする少数の闇成金等とに、人々の生き方は大きく分かれていた。

長一は刑務所で実際に服役した経験や、久米子という長一にとっては最高の妻に恵まれ久米子を失いたくないという気持ちから、二度と刑務所に入るようなことはしないと決心してこれまで生きてきたが、真面目に働こうという意欲があり実際に努力しているのに意欲を全く受け入れてくれない現実の社会、まともな仕事が全く見つからないという挫折感、長一が生活のために働いている「闇屋」の手伝いにも、今度

検挙されれば刑務所に行かなければならないという限界が来ていることなどに対する、やり場のない憤懣と怒りの中で悶々とした日々を過ごしていた。

小倉が長一のアパートを訪ねて来てから一週間前後経った頃、小倉が長一のアパートに再びやってきて、「明日仕事をすることにした。運送会社の給料日は明後日で、運送会社の取引先への支払いも月末ということなので、明日の運送会社の金庫には百万円以上の現金がある。明日の夕方五時ごろ国鉄住江駅の北側まで来てそこで待っていてくれ。わしは五時ごろ住江駅に自動車で行く、そのとき必要な軍手、猿ぐつわに使うタオルや足や手を縛る紐もわしが準備する。脅しに使う本物そっくりのピストルも手に入れたので明日持って行く。ピストルで脅してできるだけ相手に怪我などさせないようにする。お前はできるだけ身体を動かしやすい服装をして駅前で待っていてくれ」

と言った。

長一は予期しない小倉の話に答えようがなく返事をためらっていたが、小倉は長一の返事を聞かないまま帰って行った。

長一は小倉を呼び止めてその場で小倉の誘いを断ろうとも思ったが、一瞬の躊躇があって呼び止めることができなかった。もともと長一には小倉と一緒に強盗をする気持ちは小倉が来たときには全くなかった。しかし、長一は明日強盗をするという小倉の具体的な誘いを断るのに一瞬の迷いがありその場できっぱり断ることができなかった。

妻久米子との落ち着いた家庭を失うことは長一にとっては人生のすべてを失うことと同じと言っても過言ではなかった。久米子は小倉と直接会って話をしたことはないが、長一から聞く小倉に関する話から小倉はあまり好ましい人間ではないと思っているようで、久米子は長一に対して小倉とはあまり深く付き合わないようにしたらと話したことがあった。長一自身も小倉はもともと苦手なタイプであり、小倉と付き合っていれば碌なことはないのではないかと思っていた。

しかし、長一を取り巻く現在の状況は厳しく、しかも長一自身の努力のみではどうすることもできないという状態に追い込まれていると思い込んでいた。

また刑務所に入るようなことは久米子のためにも絶対しないと決めていた長一が、小倉の誘いをその場で断れなかった迷いの原因は、長一自身が厳しい状況に追い込まれていたことであることは勿論であるが、「拳銃は本物そっくりのおもちゃであり、その拳銃は脅すためのもので相手にもできるだけ怪我などさせないようにして現金を奪うことが目的である」

小倉のこのような説明が長一の強盗という犯罪に対して従来抱いていた強い拒絶反応を幾分和らげたことも事実であった。

また、長一は戦後の混乱期において一部の業者等が役人とつるんで、やりたい放題のことをして不正な金儲けしていることを何回か実際目にしており、これら社会の矛盾について大きな不満を持っていたことは事実である。真面目に働いても報われない社会に対する長一の不満はピークに達していた。この時代の犯罪者の多くは計画的に犯罪を行ったというより、自分や家族が生きていくために罪を犯したという場合が多かったと言われている。

しかし、長一が一瞬困惑し小倉の誘いをはっきり断れなかった大きな理由は、小倉の有無を言わせない半ば強制的ともいえる誘いであった。小倉のような人間には最初誘われたときに明確に拒絶の意志を示し、以後付け入るスキを与えないように対応しなければ、いつまでも執拗に食いついて離してくれないことに長一はようやく気が付いた。

　小倉の誘いに対する長一の対応は一貫して誘いには応じないという姿勢ではあったが、小倉から見れば誘いを一応拒絶しているが長一は現在お金を喉から手が出るほど必要としている、時間をかけて誘えば長一は必ず誘いに応じてくると、小倉の独特のカンで長一の本心を見透かしていたのではないかと思われる。

　小倉が長一のアパートに来て強盗の実行について具体的な、日時、方法まで言って長一を誘った以上、長一が明日小倉の指示した時間に指示した場所に行かなかったとき、小倉がどのような態度に出てくるかという強い不安があった。長一としては妻の久米子には相談できないことであるが、長一が小倉の誘いに応じなかったとき小倉が妻の久米子に対しても、長一の裏切りの事実を責めて責任を追及して、卑怯な手段に出てくる可能性を否定できないと考えた。

　小倉が指定した時間までは一日のみで長一には小倉の誘いに対応する時間の余裕は全くなかった。長一が迷っている間に小倉が指定した時間はたちまち迫ってきた。

5

　長一は強盗という重大な犯罪を実行するという決心をしないまま、小倉の指定した国鉄住江駅の前に来ていた。

　長一が小倉の指定した時間に国鉄住江駅に行くと小倉はすでに自動車で駅前に来ており、長一に車の中に入るように指示した。車の中の小倉は日頃のふてぶてしい態度とは違って緊張していることが表情に出ていた。

小倉は長一に対して、

「この袋の中に軍手とタオルと紐が入っている、わしがピストルで部屋にいる人を脅して抵抗できない状態にするので、お前は落ち着いて一人ずつタオルで猿ぐつわをして紐で手を後ろで縛った後、足も紐で縛ったうえで縛った人を横に倒せ。運送会社に何人残っているかは今からわしが確認し、会社にいる人間が二人になったら戻ってきて合図する。会社の中にはお前と二人一緒に入るのでわしの後について来い、落ち着いてわしの言った通り実行してくれ、金を奪ったらできるだけ早く会社から立ち去る必要があるので、自動車は会社のできるだけ近くに止めてエンジンをかけたままにしておけ、お前が先に車に乗り、わしが車に乗り次第車を運転して国鉄楠江駅まで行ってくれ、その後のことはそのときの状況で決める」

と住江駅前付近に止めた車の中で小声ではあるがはっきりと長一にわかるように話した。

小倉の運転してきた自動車の中で周辺がやや薄暗くなるのを待って運送会社の近くまで行った。運送会社は国鉄住江駅から車で五分余りのところにあった。国鉄住江駅周辺は戦災の影響を受けて空地が所々に点在する地域であり、運送会社の建物は立派な建物とは言えなかったが、貨物自動車などが多数駐車し駐車場も広く活気のある会社の感じがした。

小倉が会社の様子を確認してきた後で、互いに目で合図してストッキングで覆面をして会社の事務所に向かった。

運送会社の玄関ドアには鍵等は掛かっておらず、長一と小倉は無言で静かに事務所の中に入った。事務所の中には社長と女の事務員がいて、覆面をした二人の男にびっくりして、立ち上がって何か叫ぼうとした。小倉が足早に二人に近づき社長と思われる男にピストルを突きつけドスの利いた声で、

「静かにしろ、手を上げろ」

と脅すと二人は抵抗せず従った。

小倉が社長に対して、

「金庫を開けろ」

と命じると社長は一瞬躊躇したが、額にピストルを突きつけられると、社長は金庫の前に行き操作をして扉を開けた。

長一は小倉の指示に従って女の事務員の片手をねじあげ背中に押し当てて、自由に行動できないようにして小倉らの行動を見ていた。

金庫が開くと小倉は長一に対して、

「女に猿ぐつわをしろ。女の手足を縛れ」

等と指示した。

長一が小倉の指示に従って女事務員に猿ぐつわをしようとしたが、女事務員が抵抗しようとしたため小倉が、

「無駄な抵抗はやめろ、社長がどうなってもいいのか」

と一喝すると女事務員は小倉を睨むようにして抵抗を止めたので、長一は女事務員に猿ぐつわをして両手を紐で後ろ手に縛り、両足も紐で縛ったうえ女事務員を床に倒した。

女事務員に対する長一の対応が終わるとすぐに、小倉は長一に対して、

「この男に猿ぐつわをしろ。手足を縛れ」

と指示した。

社長は、少し抵抗する素振りを見せたが小倉が社長に対して拳銃を突きつけて、

「命が欲しかったら言う通りにしろ」

とドスの利いた声で一喝すると社長は小倉を睨みながらも抵抗することを諦めた。長一は社長に猿ぐつわをして手足を縛ったうえで床に倒した。

小倉は長一に対して、

「金庫の中の現金を全部持ってきた袋に入れろ」

と指示した。

長一は金庫の中にぎっしり詰み込まれていた札束や硬貨を夢中で袋の中に放り込んだ。どれくらいの時間が経ったのか長一は見当がつかなかったが小倉が、

「これでいい、早くしろ」

と長一を急がせた。小倉は、縛った二人の紐の結びを確認するなどしていたが、終わると長一はお金の入った袋を持ち、小倉と一緒に、駆け足で会社を出て長一が自動車を駐車している場所へ急いだ。

駐車している自動車の側へ来ると小倉は長一に対して、

「袋はわしが預かる。車を運転して国鉄楠江駅まで急いで運転しろ」

と指示した。

楠江駅は住江駅とは反対の方向にあり車で十分余りのところにあった。長一は自動車の運転を少し続けて気が付くと全身に汗をびっしょりかいていた。小倉は長一に話しかけてきていたが、長一は事故を起こさないでできるだけ早く国鉄楠江駅まで行くことに集中していたので、小倉とどのような話をしたのかほとんど記憶していなかった。

国鉄楠江駅の近くまで来ると小倉は、

「このあたりで車を止めてくれ、袋の中の金を数えたら約六十万円あったのでお前には二十万円渡す。車は盗難車だから付近の目立たない所に駐車しておけ。お前とはここで別れることにするが互いに気を付けて生活することにしよう。また、縁があったら会うことがあるかもしれない」

と言い、奪った現金の入った袋の中から二十万円が入っているという袋を長一に渡した後、残りのお金の入った袋を肩にかけて駅の方へ立ち去っていった。

長一はこれからどうしたらよいか咄嗟に判断に迷ったが、とにかくこの場所から早く離れたほうが良いと思い車を駅から少し離れた空き地に駐車し、車からキーを抜き、キーを少し離れたゴミだまりに捨ててから、楠江駅から電車に乗り二、三駅過ぎたところで下車して、興奮した気持ちを落ち着かせるため駅の周辺を歩くことにした。

小倉と長一らが実行した運送会社に対する強盗事件は、すべて小倉が計画をして準備したことではあるが、長一が予想していたよりずっとうまくいったのではないかと思った。被害者等に怪我などさせることもなく多額な金が手に入ったうえ、長一らは犯人としての証拠は現場には何も残さなかったので、犯人として捕まる可能性はないのではないか等と、自分に都合のよい判断をして長一は少しでも気持ちを落ち着かせようとしていた。

　長一がいちばん気になることは妻の久米子のことであり、久米子を裏切ったことは明らかな事実であった。

　長一にとって久米子はできすぎた妻であり、久米子を裏切って悲しませ不幸にすることだけは何としても避けたい、長一が自ら実行したことであり、その責任も自分にあることは十分自覚していたが、久米子にはこの事件のことは何としても知られたくない、久米子がこのことを知ったら久米子は長一に愛想をつかして、久米子との関係は終わるのではないかと長一は懸念していた。

　小倉から事件の分け前として渡された現金二十万円について、長一はこれをどのように保管するかいろいろと悩んだ。二十万円の中身は百円札が多かったがその他の紙幣や硬貨もあり、これらのお金について長一は一万円余りを除いて長一名義の銀行や郵便局の四つの口座に分けて預貯金した。

　妻の久米子に対して長一は、

「久しぶりに仕事がうまくいった」

と言って八千円を渡した。妻の久米子は、

「ありがとう、無理をしないでね」

と嬉しそうに受け取った。長一は久米子が久しぶりに見せた笑顔をまともに見ることができなかった。

　強盗事件を実行して以降長一は、あの事件は証拠を何も残していないので長一が犯人として捕まるはずはないという思いと、あれだけの事件を起こしておいてそのまま済むことは、如何に混乱した社会でもあり得ないという思いが交互に、しかし、だんだんと逮捕される不安のほうが大きくなってきていた。

長一は、街に出て警察官の姿を見ると自分を逮捕するために捜しているのではないかとか、警察官がいつ家に長一を逮捕するために来るかもしれない等、不安と恐怖が入り混じった気持ちで日常生活を続けており、強盗事件を実行してから長一は落ち着いた気持ちになることはなかった。このような長一の気持ちは強盗罪で長一が警察に逮捕されるまで数カ月間続いた。

妻の久米子は長一の日常の変化に気付いた様子で、

「あなた何か悩み事があるのではないの、身体の具合が何処か悪いのではないの」

と心配そうに聞いてきた。

「別に何もない、心配しなくても大丈夫」

と長一は自分の心の不安を悟られないように答えたが、長一は妻の久米子に対する申し訳のなさで今にでも、すべてを話しそうになる気持ちを抑えるのが精一杯であった。

このようなこともあって長一は久米子に事件のことを何もかも話してしまいたい気持ちになったことが、何回かあったが実際に話すことはとてもできなかった。長一が久米子に事件のことを話した後の久米子の反応が不安であり、事件のことを話せば久米子は長一を見限るのではないかという不安が強く、久米子をどんなことがあっても離したくないという長一の強い気持ちが、久米子に何もかもを正直に話すことができないという矛盾した気持ちになっていた。

長一はだんだんに追い詰められた不安から逃れるために警察に自首することも考えたが、自首することによって久米子をはじめ何もかも失うという不安が強く自首することもできなかった。

長一らが強盗事件を実行して二カ月余り経過した日の夕方、〇〇警察署の刑事三人が長一のアパートに来て長一に対して逮捕状を示し、「〇〇運送株式会社において、金八十万円余を強奪した」強盗罪の容疑で逮捕した。

警察が長一を強盗罪の容疑者と認めた理由については、

「長一の指紋は既に警察庁が保管しておりその指紋が、犯行現場である運送会社の金庫等に残っていた。また数日後に発見された長一らが犯行に使用した自動車のハンドルなどからも、長一の指紋が見つかった」

ということであった。

長一は逮捕されるまで全く気が付かなかったが、運送会社の金庫を開けるまでは長一は確かに手袋をしていたけれども、金庫から紙幣や貨幣を取り出して袋に入れる際、手袋が邪魔になり緊張と興奮のため無意識に手袋をはずした可能性は否定することはできなかったし、また、犯行後長一が自動車の運転をした際には確実に手袋をしていたという記憶はなく、手袋をしていなかった可能性もあったかもしれない。刑事に言われて初めて気が付いた。

担当の刑事は長一に対して、

「共犯者の名前は、犯行の計画をしたのは誰か、奪った金は何処にあるのか」

等厳しい追及をしてきた。

長一は逮捕された以上警察には事実をありのままに供述しようと思っていたので、

「小倉から運送会社の貸金庫に百万円以上の金があるので強盗を一緒にやろうという誘いがあり、奪った金は半分ずつ分ける、車やピストル等の犯行の準備は小倉が全部する、長一は車の運転と現場で小倉の指示に従って行動すればよい、と言われたが私は最初断っていた」

と事実を正直に話したが、刑事は長一が自分の責任をできるだけ軽くするために、小倉に責任を転嫁して小倉を悪者にしているのではないか等と疑って長一の供述をそのまま認めてくれなかった。

奪った現金についても長一が、

「奪った現金は小倉からは六十万円と聞き、六十万円の中から私は二十万円を受け取っただけである」

と言ってもなかなか認めてくれず、奪った金八十万円を二等分に分けたのではないかと追及され、現金の行方についても厳しく調べられることになった。

長一としては小倉が逮捕されれば、長一の供述が正しいことはすぐにわかってもらえると思ったが、長一の勾留期間の満了までには小倉は逮捕されず長一は強盗罪で裁判所に起訴された。

長一の強盗事件における役割について、刑事も検事も、小倉が強盗事件を主導し長一は犯行直前に小倉と会うまで強盗事件を実行するという決心をしないまま、小倉の指示により事件を実行したという長一の供述をそのまま認めてくれず、長一と小倉が共謀して二人で準備協力して犯行に及んだという内容の供述調書を作成しており、長一としてはとても納得できなかったが、警察官らによって調書が作成され署名することを強く求められ、否認すると重く処罰されることになるなどと半ば脅されると、長一は調書に署名することを拒否することはとてもできなかった。

刑事らとすれば事件の共犯者は他の共犯者に責任を転嫁する場合が多く、特に、共犯者が逮捕されていない場合等にはこの傾向が強いので、これらの事情を考慮して長一の供述調書を作成したものである。徹底した裏付け捜査と犯行に至る経過を捜査すれば真相は明らかになったのであるが、戦後の混乱期であり警察も時間的、人的制約のもとでの極めてずさんな捜査であった。

裁判所に起訴された長一の強盗事件について、第一回公判が開かれ検察官の起訴状朗読と被告人および弁護人の起訴状に対する認否が行われた。

起訴状に記載された公訴事実は、

「長一と小倉は共謀して被害者である運送会社の社長らをピストルで脅迫して現金八十万円余を強取した」

という内容であり被告人である長一及び弁護人は公訴事実を認めた。

起訴状の公訴事実は、長一と小倉の二人が犯した犯罪の外形的な事実が記載されており、小倉と長一の具体的な犯行における役割が記載されていなかったので、長一も弁護人の小林弁護士も公訴事実を認めたものである。弁護人は妻の久米子が長一が裁判所へ起訴された後で私選で依頼してくれたもので、久米子から後で聞いた話では久米子が実家を出るとき久米子の母が、

「このような形で家を出たら二度と実家に帰ることはできないと思う」

といって、久米子名義の預金通帳と印鑑を久米子に渡してくれたということで、弁護人の費用も久米子が支払ってくれたものである。

長一がアパートで強盗事件の被疑者として刑事に逮捕されたときには、妻の久米子は仕事に行っておりアパートにはいなかった。

久米子が長一の逮捕を知ったのは警察からの連絡によってであり、久米子は慌てて警察に行ったが長一と面会もできず下着などの差し入れをして帰るほかなかった。その後、何回か警察に面会に行き長一から

直接聞いた話や、久米子自身警察に事情聴取されたりして少しずつ長一の事件に関与した事情がはっきりしてきた。

久米子にとっては全く予想できない出来事であり、長一がこのような事件を起こしたことは考えられないことであった。久米子は最近長一が話していた小倉という男に誘われて、事件に加担したのではないかと思った。

久米子が長一のため選任した長一の弁護人である小林弁護士も、

「被告人の主張する通り強盗に至る全部の計画を小倉が立て、準備も小倉がすべてしたうえで、強盗で奪った現金八十万円のうち、被告人が小倉から受け取った現金が二十万円であった場合と、長一の供述調書に記載されている内容とはかなり情状において異なります。できるのなら小倉が逮捕されてから被告人に対する裁判をやりたいが裁判所は認めないでしょう。弁護人としても被告人の利益を守るため努力しますが、現状では相当長期間の実刑になるでしょう」

という説明を久米子にした。

久米子が拘置所に面会に行った際長一は、

「実刑で相当長い間刑務所で服役することになる。久米子を裏切るようなことをして申し訳ない、この先久米子がどのような道を選んでも一切文句は言えないと思っている。幸せになってほしい」

と涙を浮かべて久米子に話した。

久米子は長一の、

「久米子が留守中に私が警察に逮捕されて久米子に何も話すことができないままこんな状態になったこと

は心残りであり悔しい、久米子にすべてを話すべきであったと後悔している」

という言葉が心に残っていた。

久米子は長一が刑務所に行かなければならなくなるのなら、その前に少しでも長一と一緒に生活する方法はないのか、長一の弁護人である小林弁護士に相談すると小林弁護士は、

「保釈という制度があり裁判中お金を積んで拘置所から出る方法があるが、裁判所が保釈を許すかどうか、保釈を許す場合保釈保証金をいくらにするかを決めます。本件の場合保釈保証金は○○万円前後でしょう」

と説明してくれた。

久米子は迷うことなく、

「先生、長一の保釈の手続きをお願いします。保釈保証金が決まりましたら連絡下さい」

と小林弁護士に保釈の手続きを依頼した。

数日後小林弁護士から、

「藤井長一さんの保釈が許可になり保釈保証金が○○万円になりました。お金が準備できましたら予め連絡のうえ事務所まで持参ください」

との連絡があった。

久米子は急いで銀行に行き、久米子が実家を出るとき、久米子の母が久米子のために作成してくれた預金通帳から現金を引き出して小林弁護士の事務所へ持参した。

小林弁護士は、

「保釈保証金は本日裁判所に納めますから長一さんは今日釈放されます。すぐに面会に行って長一さんに知らせてあげてください、拘置所の人に聞けば長一さんが何時ごろ拘置所から出てくるかわかります」

と言った。

長一に対する第二回公判は保釈出所後に開かれた。検察官の冒頭陳述がありその内容は、長一の警察官や検察官に対する供述調書の内容よりも、長一の役割と責任をより積極的に認めた主張のように感じた。

弁護人は検察官提出の証拠のうち、被告人藤井長一の供述調書の認否を留保してその他の証拠はすべて同意した。この当時の刑事裁判は、新憲法の下で新しい刑事訴訟法が施行される直前で、応急措置法の下で試行錯誤の状態が続いていた。

6

藤井長一は保釈で出所した直後には裁判所が定めた保釈制限住所である、

阪神市葺田区三丁目〇〇番地　楠アパート

に居住していたことは確認されている。

しかし、長一が第二回公判期日に出頭してからしばらくして、保釈制限住所を転居して以後の長一の行く先は全く不明であり、所在の手掛かりも全くつかめないという状態が十年以上続いていた。

長一の住民登録地は楠アパートの部分を除き保釈制限住所と同じであり、長一は実際に住んでいるところと住民登録地が異なるという状態を、十年以上続けているものでそのことによる不便や不都合はかなり大きいと考えられた。

当時は犯罪者や家のない者や家族のいない人たちが、都会の掃き溜めともいうべきドヤ街にある簡易宿泊所や公園で寝泊まりしており、暴力団の息のかかった手配師の差配で港の日雇い労働に従事するその日暮らしの人間が、阪神市だけでも数千人いたと言われた時代であり、このようなところで働く人には住民登録等は全く関係がなかった。

重大な事件を犯した犯人がドヤ街等へ逃げ込んでいるのではないかと思われるときには、刑事が日雇い労務者の格好で同じような生活をして捜査し、犯人を発見、逮捕したこともあった。

楠木検察事務官は被告人藤井長一について、住民登録地や立ち回り先と考えられる関係方面に対する所在捜査の結果から、手掛かりらしい手掛かりも得られなかったので藤井長一については現状でしばらく様子を見ることにして、当時三十名余りいた他の逃亡被告人の所在捜査を行うことにした。

逃亡被告人の中に傷害被告事件の矢野達吉がいた。矢野達吉は働いていた会社で日頃から良く思っていなかった上司から、酒の席で散々嫌味を言われたうえ、

「お前なんか明日から来なくていい」

と言われたことに立腹して側にあった金属棒で上司の腕、背部、腰部等を殴打して上腕及び大腿骨骨折等治療三カ月を要する傷害を与えたという傷害被告事件である。

矢野達吉について楠木検察事務官は、昭和三十四年の保釈後の逃亡で達吉の経歴なども詳しく記載された供述調書もあり、写真や指紋も完全なものが存在しているうえ、妻と成人した子が二人おり矢野達吉の所在捜査による身柄の収監は比較的容易ではないかと考えていた。ただ、矢野達吉が保釈中何故逃亡した

のかについては記録の上では明らかでなかった。

達吉は保釈逃亡後一年余りであったが「特別執行班」は、達吉本人は勿論、妻子の住民登録地についても、三カ月ごとにこれを確認するとともに住民登録地について変更があった際は所在捜査を行っていた。また、達吉及び妻子ら家族には電話の架設が考えられたので、近畿管内での達吉及び妻子名義の電話架設の有無を定期的に調査していた。

矢野達吉の妻は幸子「さちこ」であるが「ゆきこ」とも読めるので、両方の呼び方で電話架設の有無を調べていた。

楠木検察事務官が矢野幸子の電話架設の有無を調べるため電話帳を調べていると矢野久米子の名前が目に入った。どこかで聞いた名前であるとしばらく考えていると、

「あっそうか、確か逃亡被告人として捜査している藤井長一の離婚した妻の名前が矢野久米子という名前であった」

ことを思い出した。

確かに藤井長一と矢野久米子は戸籍の上では離婚しており、更に、久米子はその後宮永慎一と再婚して離婚しているが、実際に久米子と長一が離婚しているのか不自然な点があると楠木検察事務官は考えていた。

楠木検察事務官が電話帳で発見した矢野久米子が、長一と離婚した矢野久米子と同一人であるかどうかは全く不明であるが、これまでの藤井長一の捜査では矢野久米子の住民登録地は昭和三十六年六月現在、長一の保釈制限住所と同じところになったままであり、電話帳の矢野久米子の住所とは全く違うところで

あった。
楠木検察事務官は熊本市役所に矢野久米子の戸籍附票の取り寄せを請求した。
熊本市役所から送付された戸籍附票によると、矢野久米子の住民登録地は昭和三十六年十月に、
阪神市楠区楠町六丁目〇〇番地
に移転していることが判明した。
住民登録地の転出先は楠木検察事務官が見つけた電話帳に記載されている矢野久米子の住所と同じところであり、同住所は阪神地方検察庁から五、六百メートルの距離のところにある庶民的なアパートなどが存在する住宅地であった。
楠木検察事務官が矢野達吉の妻矢野幸子について、電話架設の有無を調査している際見つけた矢野久米子と、逃亡被告人藤井長一と結婚した後離婚している矢野久米子の住民登録地が一致したことを前提に、「特別執行班」は矢野久米子の新しい住民登録地である、
阪神市楠区楠町六丁目〇〇番地
の住所について、藤井長一の所在捜査をすることになった。
楠木検察事務官と同僚の検察事務官は二人で矢野久米子の居住の事実と藤井長一の所在捜査のため、矢野久米子の住民登録地を管轄する派出所に赴き、派出所備え付けの名簿や地図で調査したところ、住民登録地にはアパートがあり、そのアパートの名称は「旭アパート」となっており一階、二階合わせて十室で、入居者の名簿の中には藤井長一、矢野久米子の名前は見当たらなかった。
楠木検察事務官らはその足で「旭アパート」に赴き、「旭アパート」の付近の状況などを確認してから、

慎重に十室あるアパートの各ドアの前で表札を確認することにした。表札のないところもあったが、一階から二階へと順番に確認していくと、二階の東端の部屋の入り口のドアの右上のところに、薄い板切れに「矢野」と書いた表札を見つけた。

楠木検察事務官は何か胸が高鳴る気持ちを覚えたが、まだまだ早まった判断はできないとはやる気持ちを抑えた。矢野久米子がこのアパートに住んでいるとしても、矢野久米子は藤井長一と離婚し、その後宮永慎一と結婚したがその後宮永とも離婚しているという、戸籍上明白な事実を無視することはできなかった。

藤井長一が矢野久米子とこのアパートに住んでいるという判断は、安易にはできないと思ったが楠木検察事務官は直感的に長一がこのアパートで、矢野久米子と一緒に住んでいる可能性が高いと思った。従って、今後の内偵は慎重にしなければならないと考えていた。

楠木検察事務官らは帰庁して藤井長一の所在捜査の結果を上司に報告した。上司は楠木検察事務官らの報告を聞いて、

「慎重に内偵捜査を継続して逃亡被告人である藤井長一の存在を確認した際は、数名の検察事務官の協力を得て藤井長一の身柄を収監するように指示」

したうえ、長一の身柄を収監するために必要な収監指揮書を楠木検察事務官に交付した。

矢野久米子の住んでいる「旭アパート」の周辺地域は、戦争の直接の被害を免れたところと戦災で建物などが焼失したところとが混在しており、住民も古い住民と新しい住民が入り交じって住んでいる状態で、住んでいる住民は互いに馴染みが少ない地域であった。

楠木検察事務官らは矢野久米子や藤井長一らに検察庁が捜査していることを知られないで、長一が久米子と一緒に住んでいるかどうか確認するための慎重な捜査が必要であると考えて、酒や食料品の配達員や、新聞の勧誘員等を装って「旭アパート」の周辺を数日にわたって内偵した。

内偵の結果、

「アパートの矢野久米子の部屋には、四十歳から五十歳くらいの男が同居していることがわかったが、その男が藤井長一かどうかは検察庁で保管している写真が古く不鮮明のため確認できない」

等の事実が判明した。

楠木検察事務官らは内偵によって判明したこれらの事実を上司に報告するとともに、今後の藤井長一に対する対応について、

「矢野久米子が長い間実際に住んでいる住所を住民登録地としないで、藤井長一の保釈制限住所を住民登録地としてきたのは長一のためと考えるのが自然であること、一緒に住んでいる男が住民登録地を偽装したりする必要のない男なら、久米子と一緒に住民登録するのが普通であるのに住民登録をした事実が認められないこと、検察庁で保管する藤井長一の写真では同一人かどうか確実な判断はできないが、写真に似た面影が認められるうえ年齢も長一の年齢に近いと考えられること等から、藤井長一の可能性が強いと考えられるので同人を検察庁に任意同行して事情を聴く必要がある」

旨上申した。

楠木検察事務官らの上申が上司に認められ、矢野久米子と一緒に住んでいる男を検察庁に任意同行して、藤井長一であることが確認できた際は同人を収監することになった。

　久米子と一緒に住んでいる男は、日曜日には在宅しているという内偵結果に基づき、日曜日の朝検察事務官四名が矢野久米子の住んでいるアパートへ藤井長一を任意同行するために行くことになり、日曜日の朝四名の検察事務官は検察庁に集合し、歩いて十分前後の久米子の住んでいる「旭アパート」へ検察庁のジープで出発した。

「旭アパート」の近くにジープを止めて大槻検察事務官らは、アパートの二階に上がり「矢野」と表札のある部屋の前へ足早に進み、楠木検察事務官は矢野久米子の部屋の前まで来るとドアを軽くノックして、

「矢野さん、矢野さん速達郵便です」

　と大きな声で呼びかけた。

　暫く待っていると矢野久米子と思われる女性が少しドアを開けて顔を出した。

　楠木検察事務官らは、部屋のドアを強く外側に引っ張って部屋の中に入り、部屋の中央付近にいた男を観察した。男は四十歳過ぎで対面するとどことなく検察庁で保管している藤井長一の写真の面影を感じる男であったので、

「藤井長一だね、検察庁の者だが用件はわかっているね、一緒に検察庁まで同道してください」

　と楠木検察事務官は簡潔に、しかし毅然とした態度で藤井長一本人であればその用件がはっきりわかるように尋ねた。

　男は青ざめた顔に驚きの表情をして、

「いや」

　と、違うというような楠木検察事務官の問いかけを否定する態度を一瞬示したが、久米子と眼で合図し

合って後、

「藤井長一です、ご迷惑をかけました」

と青ざめた顔で素直に両手を前へ差し出した。

楠木検察事務官は、

「手錠はいいからこれから私たちと一緒に検察庁へ同行してください、着替えなどは後で奥さんに持って来てもらってください」

と言い、二人の検察事務官が藤井長一を両側から支えるようにして、アパートの部屋を出て近くに待たせていたジープで検察庁に帰庁した。

検察庁に同行した藤井長一については、日曜日にもかかわらず出勤してもらっていた採証課の検察事務官に、同行した藤井長一の指紋を採取して、藤井が強盗事件で逮捕された当時採取して保管していた指紋と対照してもらった結果、

「任意同行した藤井長一と、逃亡被告人として捜査していた藤井長一は同一人である」

ことが確認された。

楠木検察事務官は久米子が検察庁に長一の着替え等を持参するまでの間に、長一が保釈で出所後に逃亡した経過や、長い逃亡生活の状況などについて事情を聴取した。

藤井長一の話をまとめると、

「保釈で出所して以降長一は久米子とずっと一緒に生活してきたということで、久米子との離婚届も、宮永慎一との結婚届、離婚届もすべて偽装であったということである。保釈で出所した後逃亡するように

なった理由について長一は、強盗事件は小倉の全面的な計画と主導によって実行したものであるのに、警察及び検事は刑務所で知り合った長一と小倉が強盗を行うについて、二人で共謀してそれぞれ役割を決めて犯行を準備して強盗を行ったもので、奪った金員も二人が等分したものであり、実行した強盗事件に対する役割と責任は互角であるという判断で長一の供述調書を作成して長一の刑事責任を追及していた。小倉が逮捕されていない当時の裁判では長一の真実の主張を、裁判所に認めてもらうことはかなり難しいと弁護人も判断していたことや、妻の久米子も犯罪を行うために生まれてきたような小倉と、夫の長一を同じレベルの人間として扱っていることは、到底納得できず小倉が捕まってから一緒に裁判をして真実を明らかにしたうえで判決してほしいと強く望んでいた」

藤井長一は突然、検察庁に連行されたショックと興奮が治まらない中で、話も前後しながら思いつくままに話していた。

「長一が保釈で出所した後で長一が久米子に対して、弁護人は被害額も大きくその多くが回復していないので、懲役五年から七年くらいは覚悟しなければならないといっていたことを話すと久米子は、長一のいない私一人で暮らす期間がそんなに長くなるのはとても寂しい、結婚して二人で一緒に暮らした期間よりも長一が刑務所にいる期間の方が長くなるのは悲しい、等と嘆いた。小倉が逮捕されないまま長一の裁判が終わってしまえば、納得できない裁判で長一と久米子は五年以上も別々に暮らさなければならないことになる。しかし、ここで逃亡したりすれば裁判所や社会を裏切ることになり想像を超える厳しい人生が二人を待っている。長一と久米子は結論の出ない堂々巡りの話を何回か繰り返していた。そんな話をしているとき長一がふと漏らした言葉がきっかけになり、長一と久米子は途方もない選択をすることになった」

長一は話しているうちにだんだん冷静さを取り戻し、当時の状況を思い出したのか感傷とも後悔ともわからない表情をして話し続けた。

「長一は服役中、確か小倉から聞いたと記憶しているが、事件を起こしても最大十五年捕まらなければ時効になるということを聞いたことを思い出したので久米子に話した。久米子は、裁判中に逃走するというようなことは人間としても、久米子の性格からも到底許されないことであることは十分理解していたが、あなたといることが最も幸せであり、あなたがいない生活は考えられないと言って長一を抱きしめてきたことがあった。長一は犯罪の時効が最大で十五年ということであれば長一の犯した強盗では、時効は十年か十二年くらいになるのではないか、十二年ぐらい逃げ通せれば刑罰を免れられるのではという甘い考えも浮かんで、逃走するという道を選んだが逃走中は甘い考えはたちまち吹っ飛び、苦しいこと悔しいこと等の連続で数えられないほどいろいろな体験をした」

長一は楠木事務官に十年を超える逃亡生活について、ひと通り事情を述べると何かほっとした表情になっていた。

当時の刑事事件の時効制度について簡単に説明すると、刑事事件では「公訴の時効」と「刑の時効」の二つの制度がある。公訴の時効とは犯罪を実行した後逃亡するなどして、裁判所に起訴されないで一定期間が経過したときに、「公訴の時効」が完成したとして刑罰を科せられない制度であり、その時効期間は、

「最も重い死刑に当たる罪では十五年」

「最も軽い勾留、科料に当たる罪で一年」

と定められており、起訴された場合免訴の判決が言い渡される。

「刑の時効」とは犯罪について裁判で刑が確定してから逃亡などして、刑の執行ができないまま一定期間を経過したとき、刑の執行が免除される制度であり、その時効期間は、

「最も重い死刑については三十年」

「最も軽い勾留、科料については一年」

と定められている。

時効制度は、犯罪が発生してから長い期間が経過すれば有罪、無罪に関係する証拠が散逸する可能性があること、長期間継続した事実を尊重することは社会生活の安定にも必要なことであること、長期間逃亡した犯罪者の精神的、経済的な苦痛は刑罰にも比較し得ると考えて設けられた制度であるが、最近になって時効に関する考え方が大きく変わり時効期間など大幅な改正が行われている。

時効制度で説明した通り、藤井長一のケースは裁判所に起訴（公訴）を提起されており「公訴の時効」に該当しない場合であるうえ、起訴後であるが裁判が終結せず判決も確定する前であり「刑の時効」にも該当しないものである。

楠木検察事務官は以前にも同じような誤解をした被告人や被疑者に接したことがある。戦後の混乱期の中で刑務所や警察の留置場などで服役等している者の中には、中途半端な知識しかないのに知ったかぶりにいい加減なことをひけらかす者がおり、これ等の知識を信用する人間がいたことも事実である。

長一は妻の久米子が着替えなどを持参したので、拘置所に収監された。

楠木検察事務官は着替えなどを持参した妻の久米子から、久米子と長一の離婚、宮永慎一との結婚、離婚の経緯などを尋ねたところ久米子は、

「私たちが保釈中逃走するという大罪を犯した以上日の当たる場所は歩けないと覚悟はしておりました。しかし、現実は覚悟をした何倍もの厳しさでした。私と長一との離婚、宮永慎一さんとの結婚、離婚も長一が逮捕されないために少しでも役に立つのではないかと考えたための方法であり、また、長一が私に少しでも迷惑がかからないようにと考えてした手続きです。宮永さんはその当時同じ土木工事の飯場で働いていた人ですが、私たちの事情を薄々感じておられた様子で、『久米子さんと私が結婚したことにすれば、久米子さんに長一さんのことで迷惑がかかる可能性は少なくなるし、長一さんも所在を捜される手掛かりが少なくなるのではないか、私は生涯結婚する気はないので何の遠慮もいらない。結婚届と離婚届に署名、押印して一緒に渡しておきます』という厚意ある申し出をしてくださったので、宮永さんとの結婚の届けをしました。しかし、何年もこの状態を続けることには不安もあり数年後に離婚届を出しました。長一とは離婚する気は全くありませんでした」

と話した。久米子は夫の長一が、突然、検察庁に連行されそのまま拘置所に拘置されたショックを殆ど表情に表わさず、

「主人がどのような裁判の結果になっても主人の帰りを待っております」

と楠木事務官らに一礼して検察庁を退出した。

久米子の話では共犯者の小倉は強盗事件発生後約三年経った頃に、裁判を受けて懲役六年の実刑になったということをニュースで知ったということである。

藤井長一は収監されてから約二カ月後に判決があり、事件に対する長一の役割や事件発生後相当期間が経過している事情等が酌量減刑されて、懲役三年執行猶予四年の判決があり裁判は確定した。

あとがき

私は、二〇一三年十月まで神戸市内で法律事務所を開業して弁護士業務を行ってきました。その後自宅に事務所を移転して国選弁護事件を年に数件担当している以外に、これまでの経験をヒントに小説家のまねごとをはじめて下書きを二千枚余り繰り返した結果、多少小説らしきものができましたので、一冊の本にまとめて出版することにしました。

私は定時制高校卒の学歴で（定時制高校へ入学したのは経済的理由や学力の問題ではなく心意気でした）、国家公務員として神戸地方検察庁柏原支部に採用された後、検察事務官に任官して神戸地方検察庁に転勤になりました。定時制高校を卒業後、大学の通信教育を受けましたが気休めに近く、スクーリングへの参加も困難と思い勉強にかける熱意はあまりありませんでした。

このような経歴の私が司法試験という当時最も難関と言われた試験に挑戦することは、イチロー選手の言葉で表現すれば「笑われる」という出来事でした。

私自身も司法試験の難しさは検察庁という役所にいてある程度理解しておりましたので、最初から司法試験をめざしていたわけではありません。私は検察事務官への任官試験や毎年行われていた全国の検察事務官の一斉考試において例年全国でベスト３に入っていたことで、当時、検察事務官で司法試験を受験していたＮ氏（後に簡裁判事）などに強く司法試験の受験を勧められました。当時神戸地検では検察事務官を含め十人前後の受験者がいました。ほとんどが旧帝大や一流大学の卒業者でした。私は検察事務官として憲法、刑法、刑事訴訟法、検察庁法等は、ある程度勉強していましたが、民法、商法、民事訴訟法等は大学の通信教育のレポートを提出するために一応勉強した程度で、理解のレベルは極めて低かったと思います。

N氏から誘われて一応グループに入りましたが、私はすぐに司法試験を受けることは考えていませんでした。しかしN氏らにとにかく経験だから受けてみたらと言われて、翌年の司法試験の短答式（憲法、民法、刑法）を受験しましたところ合格しました。検察庁でも三名合格しました。短答式の合格者は約二千名でした。

この短答式の合格は私を司法試験の受験から離れられなくしました。

私はやる気を出し、早朝検察庁へ出勤前二時間、夕方退庁後二時間と日曜日、通勤電車の中を中心に集中して勉強しました。私としては一流大学（大学院）を卒業し浪人中の人、在学（留年）中の人等、時間のすべてを司法試験に集中している多くの人と、同じ立場、条件で受験することになるうえ、受験を始めたのも普通より遅くなりましたのでこれ等のハンディを認識して焦らないで私のペースで勉強することにしました。

その結果、私は二十九歳で合格率三・八六パーセント、合格者五百名の司法試験に中位の成績で合格しました。神戸地検の検察事務官が司法試験に合格したのは初めてでした。

当時の合格者の平均年齢は二十八歳でした。

一般の受験者と比較してハンディが多かった私が司法試験に合格できたのは、機会を作ってくださったN氏及び当時の神戸地検の天野検事正（後に最高裁判事）、岡谷、卜部の二人の次席検事、小村、鈴木の二人の総務部長検事（いずれも故人）らの精神的な配慮も大きく、これらの方々には現在も深く感謝しています。

私が二十代前半、検察事務官として地検の「特別執行班」に在職して多くの被告人を収監したときの話ですが、暴力団員で拘留執行停止になっている被告人が、執行停止の延期を繰り返しておりました。私はその正当性に疑問を持ち捜査をすることになり、被告人が入院している病院に捜査に行きました。しかし、被告人は病室に不在で掃除のおばさんや看護師さんらから事情を聞きますと、被告人はよく病室を不在にしており病室に帰って来た時には強い酒のにおいがするという情報を得たので、病院の近くの食堂や飲み屋で確認しますと少なくとも週に二、三回は店に来て酒を飲んでいるという事実が判明しました。

私は再度病院に行き院長に面談して私が得た情報を基に被告人の現状を説明して、院長が作成した診断書に記載されている被告人は絶対安静を要するとの診断との食い違いの説明を求めますと院長から、

「診断書の作成名義は私になっているが、診断書の字は事務長の字である。私はこの患者の診察はしていない」

との回答があったので、私は院長にその趣旨の文書を作成してほしい旨依頼し、院長の作成した文書を預かり検察庁に帰庁して、総務部長に前記文書を渡して事情を報告しました。

数カ月後総務部長から病院の件は県警本部に捜査を依頼した旨伝えられ、数年後、新聞で病院が廃業したとのニュースを見ました。私は「特別執行班」在職中の三年足らずの間に、神戸地検管内は勿論、全国の検察庁から嘱託を受けた逃亡被告人について、多くの被告人を収監して私自身も青森地検、熊本地検、高知地検等に被告人を護送するなど、貴重な体験をしました。これらの経験から「細心かつ大胆」という

対応の大切さを学びました。

私は司法修習生のとき多くの方から検事に任官することを勧められました。私自身も検事に魅力もありましたが、その頃アメリカの大統領になったケネディの理想主義的な政治に共感して広く社会のために働きたいという気持ちで弁護士になりました。

弁護士になってからも弁護士業務以外にも社会的なかかわりが必要だと思い、県や市の審議会委員や小、中学校のＰＴＡ会長を務めるとともに、文教図書出版㈱から、全国の有志と一緒に青少年育成のための図書を七冊共同で出版して、全国の図書館や中学、高校などに寄贈しました。

私が現在まで、私の生き方や信念を曲がりなりにも維持して歩んでこられたのは、私の信念や将来に対する展望が長期的に誤っていなかったことは勿論ですが、私を陰で支えてくれた多くの人が存在したことも大きな理由であり感謝しています。

アメリカやヨーロッパの現状を見ますと民主主義の欠陥とも言うべき現象が顕著であり、エリートの質の低下、リーダーの器が小さくなったのではないかと思います。より民主主義の未熟な日本においてはより健全な市民の育成とともに、国や地方公共団体の利権構造の固定化を排除する複数の健全な政党の育成が欠かせないと思います。

上木　繁幸（じょうき　しげゆき）

昭和10年11月10日　兵庫県丹波市柏原町で出生
昭和28年４月　神戸地方検察庁柏原支部勤務
昭和29年３月　県立柏原高校（定時制）卒業
昭和32年　検察事務官
昭和34年４月　神戸地方検察庁へ転勤
昭和36年　中央大学法学部（通信）中退
昭和40年　司法試験第２次試験合格
昭和41年３月　神戸地方検察庁退職
同　年４月　司法修習生（最高裁判所）
昭和43年３月　司法修習修了
同　年４月　日本弁護士連合会に弁護士登録
昭和45年４月　神戸市で上木法律事務所開設
平成６年から文教図書出版㈱の依頼により、『わが人生論』（兵庫編）、（全国編）、『未来への提言』など７冊の本を全国の有志と共著し、学校や図書館に寄贈
平成25年10月　上木法律事務所を宝塚市に移転

交通事故偽装恐喝事件

2017年３月１日　初版発行

著　者　上 木 繁 幸
発行者　中 田 典 昭
発行所　東京図書出版
発売元　株式会社 リフレ出版
〒113-0021　東京都文京区本駒込 3-10-4
電話 (03)3823-9171　FAX 0120-41-8080
印　刷　株式会社 ブレイン

ISBN978-4-86641-034-0 C0093
Printed in Japan 2017

ご意見、ご感想をお寄せ下さい。

［宛先］〒113-0021　東京都文京区本駒込 3-10-4
東京図書出版